トレジャーボックス／ワンダーボックス

TreasureBOX / WonderBOX

pnish
パニッシュ

論創社

目次

トレジャーボックス　5
ワンダーボックス　171
あとがき　327
上演記録　333

トレジャーボックス

TREASURE BOX

登場人物

天内 凛
リィ・シンセイ
鰐塚鷹虎
ランディ

日比野修一
バナザット
謎の男

赤影
青影
黄影

白石十朗

【シーン　1】

場所はどこかの秘境。
トレジャーハンターの天内凛が壁をぶち破って入って来る。
ゴーグルをセットし辺りをスキャンし始める。
反応ありの電子音が鳴り響く。

天内　これが宝か……

宝に手を伸ばそうとした瞬間、日比野が入って来る。

日比野　やりましたね天内さん!!
天内　うお！　人がカッコ付けてんのに邪魔すんなよ!!
日比野　カッコが付くのも、こいつのおかげでしょ！

天内の着ているアクティブアーマーを指さす。

天内　まあ、そうだけどさ……
日比野　それにしてもさすが最新式！　こいつさえあれば岩も石の扉も楽々って感じですもんね。
天内　べたべた触るな！
日比野　おかげで今回のミッションも無事成功！　これでランクAキープ出来そうですね！　なんとか……
天内　なんとかは余計だよ！

宝を保護ケースに入れる日比野

日比野　でも、もっともっと頑張らないと憧れのランクSなんて夢のまた夢。しっかりしてくださいね！
天内　なあ、日比野……
日比野　なんです？
天内　いい加減、俺の回りをうろつくのやめてくれないかな。
日比野　酷い！　天内あるところに日比野あり！　僕らゴールデンコンビじゃないですか。
天内　どこがゴールデンだ！　おまえ、いつも居るだけで何もしてないだろ。
日比野　何を言ってるんですか!?　天内さんを盛り上げてるじゃないですか！
天内　だから、それがうざいんだって！
日比野　そんなこと言わないでくださいよ。僕は天内さんを尊敬してるんです！

9　トレジャーボックス

天内に抱き付く日比野。

天内　おいよせ！　こんなとこ人に見られたりしたら……

そこへ入って来るハンター達。

天内　あ～!!　違うんですよ！　俺はこういう趣味はない……　って、なんでこんなとこに人が？

取り囲まれる天内と日比野。

ハンター　その宝を渡してもらおうか。

天内　さてはおまえら同業者だな？

日比野　こら！　こちらにおわす方をどなたと心得る!!　ブライアント社所属のトレジャーハンター、天内凛だぞ！　同業者だったら先に名を名乗るのが礼儀だろ。

銃を構えるハンター達。

ハンター　おとなしく渡せば命は助けてやる。

日比野　はい。

宝を渡そうとする日比野。

天内 バカ！　ここんところ奪取率が落ちてきてんだ。これ以上失敗したらランクＢに落ちかねねえ！　宝を渡すわけにはいかねえんだよ!!

日比野から宝を取り上げる天内。

ハンター そうか……

天内に向けて引き金を引くハンター。

日比野 天内さんっ!!

天内 まだ、出たばっかなのに……

崩れ落ちる天内。

ハンター 作戦終了。これより帰投する。

ハンターが宝に手を掛けると、その手を天内が掴み上げる。

ハンター　なに⁉

天内　悪いな。こっちもトレジャーハンターとしての意地があるんだ。そう簡単にやられてたまるかよ！

反撃に出る天内。
そこへ飛び込んで来る日比野。

天内　バカ！

日比野をかばい一身に銃弾を受ける天内。
が、アクティブアーマーが全て撥ね返している。

天内　うちのアクティブアーマーはそんじょそこらの防弾チョッキより良く出来てんだよ！

ハンター達が身構える。

天内　こうなったら仕方ねえ。気合い入れろよ日比野！
日比野　はい！

と言いながら一目散に逃げ出す。

天内　って、おーい！

ハンター達が一斉に天内に襲い掛かる。
が、天内は一歩も引かない。

天内　これがランクAの力だぜ！
ハンター　顔だ！　顔を狙え！
天内　え、ちょっと、それは……

そこへ割って入る、リィ・シンセイ。
鮮やかな中国服を身に纏っている。

天内　おお、リィ!!
リィ　引くも兵法。どうしておまえはこう無謀なんだ。
ハンター　他に仲間がいたか。
リィ　仲間？　冗談……

天内から宝を奪うリィ。

天内　おい⁉　助けてくれるんじゃなかったのかよ！
リィ　俺が欲しいのはこいつだけだ。

去ろうとするリィをハンター達が取り囲む。

リィ　無駄な争いは好まんが……

宝を地面に置く。

リィ　どうしてもというなら相手になろう！

リィとハンター達の戦い。

ハンター　この青竜刀は⁉
ハンター　こいつ、リィ・シンセイです！
ハンター　なるほど。おまえが噂のランクAトレジャーハンターか。

隙を見てこっそり宝に手を掛ける天内。
喉元に突き付けられる青竜刀。

リィ　欲しければ力ずくで奪い返せ。それがブライアント社のやり方だろう？
天内　そんなこと言わずに頼むよ！
リィ　なら、風切の情報と交換ってのはどうだ？
天内　だから俺は知らないって言ってるだろ！　会った事すらないんだから。
リィ　同じブライアント社の人間だろう？
天内　それに、風切は活動休止って噂だぜ。
リィ　何⁉

再び襲い掛かるハンター達。
天内とリィを巻き込んだ激しい戦いになる。

天内　なんのために風切を狙ってるのか知らないけど、やめたほうがいいと思うよ。相手はランクSのトレジャーハンターだ。返り討ちに遭うのがおちだって。
リィ　最後まで諦めない。それが俺の流儀だ！

天内に一撃をくらわし、宝を持ち去るリィ。

ハンター　追え‼

リィを追って行くハンター達。

天内　くそぉ……　また宝が……
日比野　天内さんの負けですね。

ひょっこり出て来る日比野。

天内　日比野、おまえ!!
日比野　だって、あの状況で僕に何が出来るって言うんですか?
天内　開き直るな!
日比野　それに、天内さんなら大丈夫だと思ったんですよ。
天内　たく……　これじゃランクB格下げだよ。
日比野　まあ、いいじゃないですか。次のミッション頑張りましょう!
天内　……

その時、辺りに轟音が鳴り響く。

天内　この地響き……
日比野　これはもしかして、宝探しによくある……
天内　ヤバいヤバいヤバいヤバい!!

地面が揺れだす。

日比野　なんでこうお決まりなんですかね？

天内　なに呑気なこと言ってんだよ!!　逃げるぞ！

一目散に逃げ出す天内と日比野。

【シーン　2】

乱れた画像にノイズだらけの音声。

『すこし落ち着け！』
『2000でどうだ？』
『うわぁ～‼』

ソファに寝ていた天内がハッと目を覚ます。
隣には白石が立っている。

天内　うう……　またこの夢かぁ。くそぉ、頭痛ぇ。
白石　バファリン飲む？
天内　うわ！　なんで白石さんがいるんですか⁉
白石　僕も風邪気味で鼻水出ちゃってさぁ。これって半分はやさしさで出来てるってほんとかな？
天内　嘘に決まってるでしょ！　そんなの小学生だって信じませんよ。

白石　幼稚園児は？
天内　幼稚園児はＣＭになんて興味ありません！　んなことより、勝手に人ん家に入らないでもらえます？
白石　えっ⁉　勝手に入っちゃダメなの？
天内　あたりまえでしょ！　不法侵入じゃないですか！
白石　それはトレジャーハンターの言葉とは思えないな。僕たちはいつだって不法侵入者でしょ？
天内　（ため息）……で、なんですか？
白石　あれ、なんで来たんだっけ？　たぶん暇なんだよ僕。
天内　なんだよそれ！

天内のパソコンからメールの着信音が鳴る。

白石　あ、メールが届いたみたい。

パソコンを開こうとする白石。

天内　あ、ちょっと！　勝手に覗かないでくださいよ。

パソコンを取り返しメールを確認する。

白石　ブライアント社からみたいだね。

白石がパソコンを奪い読み始める。

白石　なになに……　このところ外部に情報が漏れている可能性があるので、次のミッションの資料は直接白石に届けさせる。ほう……ちょっと。
天内　何？
白石　僕に渡す物ありますよね？
天内　渡す物？
白石　とっても大切なものです。
天内　あ、そうか！
白石　普通忘れねーだろ……
天内　はい、バファリン。
白石　違いますよ!!　これのどこが大切なんですか!?
天内　だって半分はやさしさで……
白石　出来てません！　オール科学成分ですから。
天内　え～　がっかり……
白石　んなことより、ブライアント社からの資料！

白石　あっ、そっか。えっと……　あ、さっき鼻をかんだ紙だ。

白石はクシャクシャになった紙を渡す。

天内　何やってんですか白石さん！
白石　そんな怒らないでよ。僕だって鼻が痛くなっちゃって辛いんだ。
天内　信じらんねえ……
白石　じゃあ、僕はこれで。
天内　あ、そうだ！　白石さんに会ったら聞こうと思ってたことがあったんだ。
白石　なに？
天内　風切八尋ってどういう人ですか？
白石　え？
天内　ブライアント社きってのランクSのトレジャーハンターなんですよね？　白石さんと双璧《そうへき》をなしてたって。
白石　ああ、まあね。
天内　どんな人なんですか？
白石　……どうしてまた風切八尋のことなんか？
天内　このまえのミッションでリィに聞かれちゃって、今度会ったら教えてやろうと思って。
白石　なるほどね……　あいつは……
天内　はい！

白石　また暇な時に。

天内　暇だって言ったじゃないですか！

白石　じゃあね～

白石は去る。

天内　ほんと摑めない人だなぁ。そうかと思うと俺のことじっと見てるし……　もしかしてホモ⁉　何かそれっぽい雰囲気あるもんな。気を付けよう。あ、そうだ！

天内は資料に目を通す。

天内　え～と、今回のミッションは……　アマゾンの奥地に眠るパワーストーン、クロマの聖石……　ん、アマゾン？　アマゾンって言えばあいつが⁉　まあ、いっか……　よ～し！　いっちょやってやるか！

【シーン3】

場所はアマゾンに移る。

天内　アマゾンか！　さあて、どうやって探そっかな。今回は大雑把な情報しかないからなぁ。インディアナジョーンズとかハムナプトラとかだと、大抵は祭壇とか聖櫃《せいひつ》とかにあったりするんだけどねぇ。

日比野　そうですね！

唐突に現れる日比野。

天内　うわ！

日比野　うわ！　ってなんですか⁉

天内　おまえ、やっぱいいんのね。

日比野　あたりまえじゃないですか！　天内ある所に……

天内　日比野あり！　だろ。

日比野　わかってるじゃないですか！

天内　はぁ……
日比野　じゃあ、探しましょうか。
天内　おまえが仕切るな！
日比野　とりあえず向こうから行ってみましょう！
天内　たく……

歩き出すと誰かに呼び止められる。

声　お～い、どこに行くつもりだ？
日比野　なんだ？
天内　この声は……

鰐塚鷹虎が現れる。
ウエスタンハットに革のベストと皮のパンツ、ワイルドである。

鰐塚　ウェルカーム！
天内　やっぱり鰐塚だ……
鰐塚　このアマゾンにやって来て俺に挨拶なしとは随分じゃねーか。
日比野　誰ですか、この人？
天内　昔の友達。

25　トレジャーボックス

鰐塚　（日比野を指さし）そのヒョロっとしたの誰？
日比野　天内さんのパートナーです。
鰐塚　パートナー⁉　おいパートナーってどういう事だよ⁉
天内　そんなことより！　どうして俺がここに来てるのがわかったんだ？
鰐塚　このアマゾンの大自然が俺に教えてくれた！
天内　相変わらずだな……　じゃあ、俺は先を急ぐから。
鰐塚　おいおい、四年ぶりだってのに随分つれねーじゃねーか。
天内　悪いけど、俺にはやる事があるんだよ。
鰐塚　宝探しだろ？
天内　トレジャーハンティングって言ってくれ。
鰐塚　何カッコ付けてんだよ！
天内　ブライアント社ではそういう言い方をするの。
鰐塚　そのブライアント社ってのに入って一流にはなれたのか？
天内　まあ、とりあえずランクAはキープしてるよ。
鰐塚　なんだよ、そのランクAってのは？
天内　トレジャーハンターの国際基準だよ。ちなみにランクAってのはランクSの次にすげーんだぜ。
鰐塚　ふ〜ん。
天内　おまえもどっかに正式に登録して、ランク付けしてもらえよ！

じっと天内を見る鰐塚。

鰐塚　なんか変わっちゃったな、凛ちゃん。
日比野　凛ちゃん⁉
鰐塚　俺と一緒にいた頃はそんな難しい言葉使ったりしなかったのにな。
天内　いつまでもガキじゃねーの、俺は。
鰐塚　よし！　じゃあ、おまえがどれだけ成長したか見届けてやる。相撲取ろう！

地面に手を付く鰐塚。

天内　やだよ！
鰐塚　信じられねえ……　おい、どうしちゃったんだよ⁉　それが宝探しに向かう男の姿か？
天内　は？
鰐塚　今のおまえからは1ワイルドも感じられねえ。
天内　なんだよその数値⁉
鰐塚　波瀾万丈の人生を生きる男の強ささ。ちなみに俺は1億ワイルドだ！
天内　あ、そう。とにかく俺とおまえは関係ないから。じゃあな！
鰐塚　コラァ！

天内が行こうとすると鰐塚が道を塞ぐ。

鰐塚　どうしても行くなら、俺を倒してから行け！
天内　やめとけ。もう昔とは違う。今の俺とおまえじゃ力の差がありすぎる。
鰐塚　おもしれぇ……　だったら見せてくれよ、その力をよ！

ナイフを手にする鰐塚。

鰐塚　忘れたわけではあるまい。この俺のワイルドなナイフ捌きを！
天内　言っておくけど、俺の着てる服はナイフも銃弾も通さないよ。しかも各関節に超伝導反発システムってのが組み込まれててパワーもスピードも通常時の数倍に跳ね上がってるから。
鰐塚　ごちゃごちゃうるせえんだよ!!

鰐塚がナイフを振り下ろす。
が、ナイフはポキっと折れる。

鰐塚　あ……
天内　な。
鰐塚　仲良くしよぉ、凛ちゃん！
日比野　変わり身早っ！
鰐塚　あ、これ食べる？　二か月前に拾ったアンパン！

アンパンを取り出す。

天内　いらねーよ！　つーか、古すぎるだろ!!
鰐塚　うまいぞぉ。
天内　そんなの食ったらお腹壊すよ。
鰐塚　ワイルドな男はそんなの気にしないんだよ。
天内　……
鰐塚　じゃあ、ワイルドに出発するか！
天内　おまえはちっとも変らねーな……
鰐塚　で、今日は何を探してるんだ？
天内　クロマの聖石。
鰐塚　なんだよ。早速俺が役に立つじゃねーか！
天内　知ってるのか？
鰐塚　誰かに聞いてくる。
天内　知らないのかよ！
鰐塚　おーい！

鰐塚は人を捜す。

日比野　ちょ、ちょっと！

鰐塚を制する日比野

鰐塚　なんだよ、もやしっ子！
日比野　もやしっ子⁉
天内　あのな鰐塚！　情報ではここの住人はよそ者を好まないらしい。出来る限り接触は避けたほうがいい。
鰐塚　聞いた方が早いって！
天内　そうか。じゃあ別行動だな。
鰐塚　（慌てて）わかったわかった‼　探せばいいんだろ探せば！　そのかわり休憩しよう。
天内　いきなりかよ！
日比野　すごい自分勝手な人ですね。
天内　ああ、こいつは昔から……　鰐塚、日比野、隠れろ！
鰐塚　は？　なんだ⁉
天内　いいから隠れろ‼

天内は鰐塚を引っ張って陰に隠れる。

鰐塚　どうした？

バナザットがフラフラと歩いて来る。

天内　原住民だ。やり過ごそう。

鰐塚　ちょうどいい。あいつに聞こう。

天内　だから待てって！　ここの原住民はよそ者を受け入れないって言っただろ！　騒ぎになると面倒だ。

鰐塚　あのな！　原住民原住民って言うけど、俺だってここの原住民みたいなもんなんだよ！自然と共に生きる者同士、心が通じ合うはずだ。

鰐塚は陰から出て行く。

天内　おい！

鰐塚　へい、ブラザー!!　元気かい？

バナザットが奇声を発する。

鰐塚　オーケー、オーケー。

天内　マジで？

天内と日比野が出て来る。
そこへ原住民たちがやって来て天内たちを取り囲む。

鰐塚　逃げよう。
天内　死ね！

一目散に逃げ出す天内・鰐塚・日比野。
二人を追う原住民たち。
その様子を遠くから見ていた謎の男。

謎の男　……

【シーン　4】

逃げて来る天内・鰐塚・日比野。

天内　日比野、大丈夫か？
日比野　は、はい……
天内　鰐塚のせいで散々な目に遭ったぜ。
鰐塚　そんな言い方すんなよ。宝探しには危険が付きもんだろ！

日比野が宝箱らしきものを見つける。

日比野　ちょっと！　天内さん、あれ!?
天内　おお、あれはまさしく！　絶対宝あるよ!!　いかにもだもん！　やったー!!　これでランクAキープだ！

天内は宝に近寄ろうとする。

鰐塚　バカ野郎！　迂闊に近づくんじゃねえ。
天内　え？
鰐塚　こういう所には罠が仕掛けられてるに決まってるだろう。
天内　浮かれて忘れてた。

天内は赤外線スコープを取り出す。

鰐塚　何やってんだ？
天内　この赤外線スコープでトラップを……

頭を叩かれる天内。

鰐塚　そんなハイテクな罠なんかねーよ！　アホかおまえ。こういう場所にはな、毒蛇がうじゃうじゃいたり、大玉が転がって来たり、落とし穴がぁ〜

落とし穴に落ちる鰐塚。

日比野　ほんとだ。

穴を覗く天内。

天内　お～い、大丈夫か？
鰐塚　あっ⁉　毒蛇がうじゃうじゃいる‼
天内　マジか⁉
鰐塚　うわぁ～‼
天内　鰐塚ぁ～‼
鰐塚　美味い！
日比野　食ってる……
鰐塚　結構いけるぞ！　凛ちゃんも食うか？　あ、生ダメなんだっけ？
天内　そういう問題じゃねーだろ。
日比野　面白い人ですね。
天内　たく……　行くぞ！
日比野　いいんですか？
天内　ああ、あいつは逞《たくま》しいやつだから。

天内と日比野は宝に近づいて行く。

天内　よーし！

宝箱に手をかけようとした瞬間クナイが飛んで来る。

天内　うわっ！　なんだ⁉

ド派手な衣装で悠然と現れるランディ。

ランディ　天内凛だな。
天内　そうだけど。
日比野　すごいの出て来ましたね。
ランディ　おぬしに恨みはないが、わけあってお命頂戴する。
天内　なんでだよ⁉
ランディ　それは言えん。
天内　はぁ？　おまえもトレジャーハンターか？
ランディ　違う。拙者は忍者だ！

決めポーズを取るランディ。

日比野　忍者ぁ⁉
ランディ　驚いたか。
天内　派手過ぎない？
日比野　間違いなく隠密行動は出来ませんね。

ランディ　拙者は他の暗殺者とは違って、こそこそ隠れたり、闇討ちをしたりするような卑怯な真似は大嫌いなんだ！　おぬしのその命、正々堂々と勝負した上で拙者が貰い受ける。
天内　正々堂々って……
ランディ　案ずるな。我らの戦いが正当である事は、こいつらが見届ける！

赤影・青影・黄影が登場する。

日比野　なんだこいつら⁉
赤影　赤影！
青影　青影！
黄影　黄影！
赤青黄　三人揃って……
ランディ　拙者の黒子だ！

決めポーズのランディたち。

天内　それおかしいよ！　すでに忍者のおまえが黒子だから、こいつら黒子の黒子になっちゃうから。
ランディ　それだ！　忍者イコール影だとか、忍者イコール地味だとか、そういうのが我慢ならん‼
何が影だ！　何が地味だ〜‼

発狂するランディを必死になだめる赤影・青影・黄影。

ランディ とにかく！　これからの忍者はもっと表舞台に出て行くべきだ。
天内 なら忍者を辞めろよ！
赤影 口を慎め！　本来ならば貴様などお目通りもならぬお方よ。
青影 お方よ！
黄影 何言ってんの。こいつが勝手に俺を殺しに来てるんだよ！
天内 ランディ様を愚弄《ぐろう》することは許さん！
赤影 許さん！
青影 許さん！
黄影 なんだおまえら？
天内 忍者だ！
赤影 忍者だ！
青影 忍者だ！
黄影 忍者、ランディ！
ランディ 忍者なのにランディ？
天内 そうだ。
ランディ そんなポップな名前なの？
天内

ランディ　拙者は革命を起こす。忍者は派手でカッコ良くて世界のヒーローだと言われるような、そんな忍者新時代を築き上げてみせる!!

感動している赤影・青影・黄影。

天内　行こう。
日比野　はい。

ランディたちを置いて行こうとする。

ランディ　待て卑怯者!
天内　卑怯者?
ランディ　逃げるとは卑怯であろう。男なら正々堂々と勝負しろ!
天内　正々堂々と勝負って……
日比野　忍者ってことは、忍法とか使えるんですか?
ランディ　あたりまえだ。これから嫌と言うほど見せてやる!　まずはほんの腕試し。忍法、空中浮遊!

ランディは赤影・青影・黄影に支えられながら宙に浮く。
そのまま天内に蹴りを入れようとするが、天内はよける。

ランディ　よけたっ⁉

天内　よけられるだろ普通！

ランディ　おぬし、なかなかやるな。ならばとっておきの忍法！

天内　今度は何？

ランディ　変化《へんげ》の術だ！

赤青黄　変化！　小泉純一郎！

ランディは小泉のモノマネをする。

天内　モノマネじゃん。

ランディ　何を言ってるんだ！　小泉以外の何者でもなかっただろう。

日比野　他にレパートリーはあるんですか？

ランディ　レパートリーって言うな！　よし、じゃあ、今度は……

赤青黄　変化！

ランディは『となりのトトロ』のメイちゃんのマネをする。

日比野　トトロのメイちゃんだ！

ランディ　そうだ‼　完璧な変化だろう。

天内　そんなのだったら俺にも出来るよ。
ランディ　あれ、言っちゃった？　じゃあやってもらおうじゃないか。
天内　やだよ！
赤影　男らしくないぞ！
青影　ないぞ！
黄影　ないぞ！
ランディ　出来るって言ったんだからやれ!!
天内　何で俺が⁉

天内に刀を突き付ける赤影・青影・黄影。

日比野　なんかやたらマジなんだけど……
天内　くそ、しかたねえ。

天内はモノマネをする。

ランディ　（アドリブ）
天内　（アドリブ）
ランディ　これでわかっただろ、拙者のすごさが！
天内　わかったよ。じゃあ、俺は行くよ。

ランディ　道中お気を付けて……　って、待たれい!!

行く手を阻むランディたち。

ランディ　言っただろう！　お命頂戴すると。危うく行かせてしまうところだった。
天内　なんで俺を狙うんだよ？
ランディ　拙者は雇い主の命令を遂行するだけだ。
天内　その雇い主って誰だ？
ランディ　バカか！　忍者が雇い主の名を明かすわけがなかろう。
天内　あのさ、悪いんだけど後にしてくれないかな。今忙しいんだよ。
ランディ　拙者を後回しだと。ふざけおって……　やれ!!

赤影・青影・黄影が斬り掛かる。

天内　おまえが戦うんじゃねーのかよ！
ランディ　ふざけた男に拙者が本気になっても仕方がない。
日比野　三対一とは卑怯ですよ！
ランディ　三人に勝てぬ奴に拙者の相手は務まらん！
日比野　卑怯を正当化した。

三対一のバトルが始まる。
アクティブアーマーの不具合で思ったように戦えない天内。

天内　どうなってんだ⁉

苦戦する天内。

日比野　こいつらけっこう強いですよ！
天内　確かにこいつらも強いが、それ以前にアクティブアーマーの調子が……　これじゃいつもの半分の力も出せない。
日比野　どうして？
赤青黄　いくぞ‼

天内に一斉に襲い掛かる。

鰐塚　オラァ〜‼

鰐塚が飛び込んで来る。

天内　鰐塚！

鰐塚　楽しそうな事してんじゃねーか！
ランディ　仲間がいたか。
日比野　よく脱出出来ましたね⁉
鰐塚　あんなの日常茶飯事よ。んなことより俺も混ぜてもらうぜ。
ランディ　邪魔をするなら、貴様も一緒に始末する。
天内　気を付けろよ。こいつら結構やるぞ。
鰐塚　この俺の強さを見くびるな！

天に手を翳す鰐塚。

鰐塚　地球のみんな、俺に少しずつワイルドを分けてくれ！　くらえ‼　ワイルド……

三人に倒される鰐塚。

天内　もうそのまま死んでぇ。
ランディ　死ぬのはおぬしだ。

構える赤影・青影・黄影。

ランディ　やれ！

そこへ割って入って来るリィ。
三人を軽くあしらう。

リィ　天内あるところにトラブルありか。
天内　リィ!!
リィ　騒がしいと思って来てみればこのありさまだ。
天内　おまえもクロマの聖石を？
ランディ　今回の宝は俺がずっと探し求めていた物だからな。誰にも渡すわけにはいかない。
リィ　何だ、貴様は？
ランディ　俺はこいつの知り合いだ。おまえこそ何者だ？
拙者はその男を殺しに来た、忍者だ！

ランディの決めポーズ。

リィ　そのためにわざわざこんな所までやって来たのか。
天内　暇なんだよ、きっと。
ランディ　おぬし、完璧に拙者をなめてるだろ？
リィ　にしても、クロマの聖石をおまえに取りに来させるとは、ブライアント社もヤキが回ったな。

天内　それどういう意味だよ？
リィ　何も知らずにここに来たのか？
天内　はぁ⁉
リィ　まあいい。

リィは宝に手を伸ばす。

天内　ちょっと待て！　それは俺のだ‼
リィ　俺のだ。
天内　俺のだ！
ランディ　こらぁ、無視するな‼　おぬしの相手は拙者だ！

全員での大立ち回りが始まる。
隙をつき、リィが宝箱を開ける。

リィ　ない⁉
天内　え？
リィ　宝が……　ない！
天内　ええ⁉

慌てて宝箱の中を覗く天内。

天内　ほんとだ……
リィ　どこへ隠した！
天内　俺は知らねーよ！　おまえが隠したんじゃねーのか⁉
ランディ　もう許せ〜ん！

そこへバナザットが乱入して来る。

バナザット　うぉ〜‼
ランディ　今度はなんだ？
鰐塚　こいつ、さっきの奴だな。俺に恥をかかせやがって！
バナザット　うがががうががががうがが！
天内　何て言ってんだ？　参ったな、言葉が通じないよ……
鰐塚　ここはおまえらのような者が立ち入る所ではない。今すぐ立ち去れ！　と言っている。
天内　おまえ、言葉がわかるのか？
鰐塚　あたりまえだろ。ワイルド語だ。

その時、天内のアクティブアーマーの機能が完全にダウンする。
バナザットが天内に襲い掛かる。

吹っ飛ばされる天内。

鰐塚　おまえ弱すぎるぞ!!

天内　どうなってんだ？　アーマーが作動してねえ……

鰐塚　機械にばっか頼ってるからそんなことになるんだよ！

天内　うるせえ！　ちょっと調子が悪いだけだ！

バナザット　うがぁ!!

暴れ回るバナザット。

鰐塚　こら、おまえは俺とキャラがかぶってんだよ！

バナザット　うが？

鰐塚　ワイルドキャラは俺ひとりで充分だっ!!

鰐塚が殴り掛かるが、あっさり蹴散らされる。

天内　鰐塚!!

助けに入る天内もやられてしまう。

ランディ　そいつは拙者の獲物だ!!

ランディがバナザットに攻撃を仕掛ける。
赤影・青影・黄影も加勢する。
多数相手にも全く怯まないバナザット。

鰐塚　こいつ、100億ワイルドを楽に超えてやがる……
日比野　半端じゃないっすね。
リィ　関わらない方が良さそうだ。

リィが立ち去る。

天内　こりゃ逃げるっきゃねーな。日比野、行くぞ！
日比野　はい！

天内と日比野も慌てて逃げて行く。

ランディ　おい、拙者との勝負は！
赤影　我らも引きましょう。無駄に戦力を減らすのは避けるべきです。
青影　べきです！

黄影　べきです！

ランディ　そうだな。

ランディたちも逃げて行く。
残された鰐塚とバナザット。

鰐塚　師匠!!　決めましたよ。俺はあなたに弟子入りする！

バナザット　うが？

鰐塚　あなたは最高だ。ワイルドの中のワイルド。いや、それは違う……　あなたがワイルドなんじゃない。ワイルドがあなたのためにある言葉なんだ。頼む！　俺を弟子にしてくれ。あんたの下で自分を磨きたい！　頼む師匠!!

バナザットは鼻をピクピクさせながら鰐塚のポケットを見る。

鰐塚　ん？

鰐塚のポケットからアンパンを奪い取るバナザット。

鰐塚　それは二ヶ月前に拾ってポケットに入れておいたアンパン……

バナザットはアンパンに食いつく。

鰐塚 すげえ。俺でもこの腐り方はヤバいと思っていたのに。究極のワイルド野郎だ！

バナザットが他に何かないのかというゼスチャーをする。

鰐塚 ああ！　それはもうないんですけど、これなら……

鰐塚はポケットからソーセージを取り出す。
喜んで食べるバナザット。

鰐塚 じゃあ、僕を弟子にしてくれますか？

バナザットはオーケーのポーズ。

鰐塚 やった〜!!　で、師匠のお名前は？
バナザット バナザット。
鰐塚 バナザットですか。なんてワイルドな名前なんだ。

バナザットはソーセージのお礼に首飾りを鰐塚に渡す。

鰐塚　これは？

バナザットが交換だと言うゼスチャーをする。

鰐塚　マジっすか！　すっげー嬉しいっすよ。じゃあ早速！

首飾りを付ける鰐塚。

鰐塚　なんだか師匠のワイルドさを分けてもらったみたいで力が湧いてきますよ。

バナザットがさらに何かくれのゼスチャー。

鰐塚　あ、じゃあこれを！

バナザットは鰐塚に渡されたチーズの匂いを嗅ぐ。
鼻にツーンとくるが、美味そうに食べる。

鰐塚　美味いっすか？　ポケットの中で勝手にブルーチーズになってたんです。俺もビックリしました。

二人で仲良く去って行く。
謎の男がまた現れる。

謎の男　……

【シーン　5】

リィが出て来る。
追うように天内も出て来る。

天内　おい待てよ！　はえーんだよ！

日比野も出て来る。

天内　日比野、大丈夫か？
日比野　何とか逃げ切りましたね。
天内　ああ。
日比野　あのちっこいのメチャクチャ強くないですか？　ヤバいですよね？
天内　んなことよりアーマーの調子が悪いってのがヤバい！　……あれ、直ってる。どうなってんだ？
リィ　それはおそらく聖石の影響だ。
天内　聖石の⁉

リィ　本当に何も知らないんだな。
天内　だから何を？
リィ　今回の宝はパワーストーン、クロマの聖石だ。
天内　そんなの知ってるよ。クロマの聖石は、地球上に存在する様々なエネルギーを増幅させる無限の可能性を秘めた石だろ。
リィ　そうだ。しかしその反面、人工的に造られた物には悪影響を及ぼす。
天内　え？
リィ　コンピューターや通信機などのいわゆる電子機器類は、クロマの聖石の前ではまったくその機能を果たさない。
天内　そうなの⁉
日比野　だから天内さんのアクティブアーマーが……
リィ　機械に頼りきっているおまえにはもっとも相性の悪い宝ってわけだ。
天内　そんな……
日比野　そうか！　ということは、さっき近くにあったんですよ！
天内　は？
日比野　アーマーの機能が不調だって事は、クロマの聖石の影響下にあったって事でしょ。
天内　そういえば、今は機械の調子が良いもんな。
日比野　はい！
天内　ということは……　あの忍者とやり合ってる時にアーマーの調子が悪くなり始めて、その後あの原住民が現れた時に全ての機能が麻痺したんだから……

日比野　あの原住民がクロマの聖石を持ってるんだっ!!
リィ　なるほど。奴が持っているのか。
天・日　あ！

リィが立ち去ろうとする。

天内　おい！　今回の宝は絶対におまえには渡さないからな！
リィ　いきがるのはいいが、いざという時そのポンコツ装備でどうやって俺に勝つっていうんだ？
天内　う……。
リィ　ブライアント社自慢のアクティブアーマーも、これじゃ形無しだな。
天内　そうか！　それでおまえはパワーストーンがどうしても必要なんだ。
リィ　……。
天内　風切八尋もブライアント社のトレジャーハンター。クロマの聖石があれば、ブライアント社のハイテク装備を麻痺させて、風切の戦闘力を大幅にダウンさせることが出来る。
リィ　そういうことだ。
天内　でも相手はランクSだし、それだけで勝てる相手か？
リィ　俺は必ず奴を倒す！　奴がどんな相手だろうが、俺は最後まで諦めない。
天内　……なんでそんなに風切にこだわるんだ？　ちゃんと聞いた事なかったけど、風切はおまえのなんなんだよ？

リイ　聞いてどうする？
天内　え、いや、なんか協力出来る事があったらなって……
リイ　俺のために同じ組織の人間と戦うのか？　バカを言うな。どちらかと言えば俺と戦う可能性の方が高い。
天内　そんなことは……
リイ　もしそうなったら、俺はおまえを倒す。
天内　リイ……
リイ　俺の仇討を邪魔する奴は、誰であろうと容赦しない！
天内　仇討？
リイ　……風切に殺されたのは、俺の兄貴だ。
天内　えぇ⁉
リイ　兄もトレジャーハンターだった。あるとき、兄は風切と宝を奪い合う事になり、その日以来、俺の前から姿を消した……

天内　風切がおまえの兄貴を……
リイ　余計な干渉はいい。じゃあな。
天内　ちょっと待て！
リイ　何だ。
天内　おまえが行っちゃったら誰が俺を護るんだよ！
リイ　……
天内　鰐塚もいねーし、まあいても意味ねーけど……　日比野は戦闘力ゼロだし。頼れるのはリ

リィ　ィしかいねーだろ。勘違いするな！　俺にとっておまえはライバルであり、憎きブライアント社のトレジャーハンターだ！

去って行くリィ。

天内　おい！
日比野　やっぱり僕らゴールデンコンビで頑張るしかないですね！
天内　最弱コンビだろ‼　でも、そんなこと言ってる場合じゃないな。とにかく宝を手に入れなきゃランクが下がっちまう。
日比野　でも、宝に近づいた途端に機械が機能しないいんじゃ、あの原住民から宝を奪うなんて不可能に近いですよ。
天内　AかBかの瀬戸際だってのに、なんでこんな宝なんだよ……
日比野　とりあえず策を練りましょうか。

日比野は水筒を取り出して水を飲んでいる。

天内　おい！　俺にも少し飲ませろ。
日比野　え～
天内　え～じゃねえよ！

日比野　じゃあ、2000でどうですか？
天内　ふざけん……

天内はフラッシュバックを起こす。

日比野　どうしました？
天内　……
日比野　やだなぁ、そんな怖い顔しちゃって。冗談ですよ！

日比野は水筒を天内に渡す。

日比野　飲んで下さい！
天内　……ああ……
日比野　天内さん？
天内　やっぱりそうだ……
日比野　え？
天内　俺、なんか忘れてる。
日比野　は？
天内　最近よく見る夢があってさ。それが妙にリアルで、夢というより昔実際あったような……

天内の頭に小石が飛んで来る。

天内　いて！

いつの間にか謎の男が姿を現している。

天内　なんだおまえ？
謎の男　余計な事は思い出さない方がいい。
天内　は？
謎の男　その方がおまえのためだ。
天内　つーか、誰だよおまえ？
謎の男　……教えない！
天内　なんでだよ！

また小石をぶつけられる天内。

天内　いたたたた！

謎の男は姿をくらましている。

天内　なんだったんだ、あいつ？
日比野　あの人、どっかで……
天内　おまえの知り合いか？
日比野　え、いや、そういうわけじゃ……　けど、妙なこと言ってましたね。
天内　ああ。余計な事は思い出さなくていいとかなんとかって……

そこへ現れる原住民たち。

天内　またこいつらか……
日比野　どうします？

その中に混ざっている鰐塚。

天内　ちょっと待て！　おかしいのがいるぞ……
鰐塚　うぉ～!!
天内　何をやってんだ鰐塚！
鰐塚　俺はバナザット師匠に弟子入りしたんだ。
天内　バナザット？
鰐塚　さっきおまえらを蹴散らした偉大なお方よ！
日比野　宝を持ってる奴ですよ!!

天内　おお！　そのバナザットってのはどこにいる？
鰐塚　黙れ！　この聖なる聖地を汚すゴミ共よ。このスーパーワイルドな鰐塚様が成敗してやるぜ。
日比野　聖なる聖地って意味が重複してますよ！
鰐塚　そうなの？
天内　アホなんだよ、こいつ。
鰐塚　誰がアホだ！

鰐塚の拳をさらっとかわす天内。
原住民たちが続こうとすると鰐塚が制する。

鰐塚　おまえら!!　ここは俺に任せろ。

待機する原住民たち。

日比野　すげぇ、もう兄貴分みたいになってるよ。
天内　調子に乗んな！

天内の攻撃が二・三発ヒットしたあと鰐塚のカウンター。
強烈な衝撃が走り膝をつく天内。

鰐塚　おお！　俺、強くなってる。師匠に弟子入りして良かった！
天内　違う……　俺が弱くなってるんだ。
日比野　また調子悪いんですか？
天内　ああ……　ということは近くにバナザットがいるはずだ！

日比野は辺りを見回す。

日比野　いないみたいですけど……
天内　そんなはずは……
鰐塚　どうした？　もう終わりか？　ならとどめを刺してやるぜ。

鰐塚は両手を天に翳す。

日比野　いったい何をっ⁉
鰐塚　地球のみんな。俺に少しずつワイルドを分けてくれ。
日比野　あれ、なんか見たことありますね……
天内　ああ。元気玉のパクリだな。
日比野　でも玉なんか出来てませんよ。
天内　あいつの中では出来てるんだ。

日比野　ちょっと痛い人ですね。
鰐塚　よし、もう十分だ！　行くぞ天内っ!!
ランディ　させるか！

そこへ颯爽と現れるランディ。
鰐塚にとび蹴りを喰らわす。

鰐塚　ああ！　俺のワイルドボールが。
ランディ　こいつを殺るのは、拙者だ！
鰐塚　この聖地を汚すやつは、何人たりとも許さん！

ランディに襲い掛かる鰐塚。
そこへ飛び込んで来る赤影・青影・黄影。
ランディに代わって戦う三人。
鰐塚は三人と互角以上の戦いを見せる。

天内　……あいつ、ほんとに強くなってやがる。

三人を蹴散らす鰐塚。

鰐塚　来いよ大将！　こんな雑魚相手じゃつまらねぇ！
赤青黄　何だと⁉
鰐塚　おまえら、ちょっと遊んでやれ！

原住民たちが赤影・青影・黄影に襲い掛かる。
そして、戦いながらハケて行く。

鰐塚　さあ、来い‼
ランディ　確かに先ほどとは違うようだな。
鰐塚　この首飾りが、俺に力を与えてくれているようだぜ！
天内　え⁉
日比野　ということは……
天内　間違いない！　あれがクロマの聖石だ‼
日比野　あれがあの人の生命エネルギーを増幅させてるんだ。
天内　おい鰐塚、その首飾りを渡せ！
鰐塚　うぉ〜‼

鰐塚が天内に殴り掛かる。
すんででかわす天内。

ランディ　なるほど。

今度は鰐塚とランディが激突する。
が、鰐塚はランディには敵わない。

日比野　あの人、強かったんだ……
ランディ　ここらが限界みたいだな。

クロマの聖石を取り上げるランディ。

天内　どういうことだ⁉　おまえの目的は宝じゃないだろ！
ランディ　おぬしは拙者を軽く見ている節があるからな。こうすれば、拙者と真剣にやり合うしかなかろう！
天内　真剣勝負って言われてもアーマーの調子が……
ランディ　さあ、派手にいこうぜ！
天内　話し合いに出来ない？
ランディ　出来ない。

構えるランディ。

天内　ちょっと待て！
白石　アーマーゾン!!

ものすごい勢いでランディの目の前に現れる白石。
至近距離で見合う白石とランディ。

ランディ　……
天内　白石さん⁉
白石　来ちゃった。
日比野　なんでここに……
白石　いやぁ、天内君が心配になってね。ちょっとした親心だよ。
ランディ　どけ！

白石を押しのけ、天内に攻撃を仕掛けるランディ。
そうはさせまいと白石が相手になる。
その中で思わずクロマの聖石を奪う白石。

天内　とりあえずオッケー!!
白石　ん？
鰐塚　おい、それは俺んだ！

白石　そうなの。はい。

　　クロマの聖石を鰐塚に渡す。

天内　ちょっと!!

　　意気揚々と走り去る鰐塚。

天内　白石さん！　今のが宝だったんですよ!!
白石　え!?　先に言ってよ！
天内　返すと思わないでしょ！
白石　じゃあ追わないと。
ランディ　待て!!　拙者を小馬鹿にしおって！　貴様、何者だ?
白石　あなたこそどなた?
ランディ　拙者か。拙者は……
天内　小泉さん。

　　ランディはモノマネをする。

ランディ　って、違うわ！　拙者は（ポーズを決めて）忍者だ。

白石　ノリの良い忍者さんですね。
ランディ　拙者は忍者界に革命を起こし、これからの忍者界を背負って立つ男よ。
白石　へぇ、それはすごいですね。で、そんなすごい人が何でこんな所に？
ランディ　その男を殺しにやって来た！
白石　そうなんですか⁉　うちの天内のためにわざわざアマゾンまで！　それはすいません。大変だったでしょう。
ランディ　それが仕事だ。
白石　いやいや痛み入ります。私は天内の上司で白石と言います。

白石は名刺を取り出す。

天内　何をやってんですかっ‼　早く鰐塚を追わないと！

アクティブアーマーの機能が回復する。

天内　あ、直った！
日比野　早く追いましょう‼
白石　そうしよう。
ランディ　待てぇ！

ランディが白石に飛び掛かる。
あしらわれるランディ。
そこへ戻って来る赤影・青影・黄影。

赤青黄　ランディ様！

白石に向かって行くが、あっさり倒される。

ランディ　おめえたち!!　こいつっ！

戦うランディと白石。
奮戦するが、最終的に追い詰められるランディ。
とどめを刺そうとする白石を間一髪で止める天内。

白石　ん？
天内　やり過ぎですよ、白石さん……
白石　だって、この人天内君を殺そうとしてるんでしょ？
天内　そうですけど……
ランディ　情けなどいらん！　殺すなら殺せ!!
白石　……

天内を突き放す白石。

白石　しかし、よく動きますね。あなた才能ありますよ。
ランディ　なに？

白石はまた名刺を取り出す。

白石　どうです、うちの会社に入りませんか？　あなたならすぐにランクSのトレジャーハンターになれますよ。

名刺を見るランディ。

ランディ　ブライアント社!?
白石　あ、知ってます？
ランディ　どういうことだ？
白石　え？
ランディ　なぜ、おぬしが拙者の邪魔をする？
天内　は？
白石　だって天内君を……

ランディ　おかしいぞ！　おぬしは拙者のクラ……　クラ……　クララが立った！　って、くそ……

どうなってんだ、わけがわからん！

赤影　貴様!!

赤影が飛び掛かる。
それを制するランディ。

ランディ　よせ！　おぬしらの敵う相手ではない。

赤影　……

ランディ　一旦引くぞ。

赤青黄　は！

ランディたちは引き上げて行く。

白石　ふぅ。

天内　ありがとうございます！　助かりましたよ。

白石　いやいや。

天内　ところで、どうして白石さんがここに？

白石　さっきも言ったじゃない。急に君が心配になってね。ちょっとした親心だよ！

白石と目が合う日比野。

日比野　なんです？

白石　……

そこへ現れる原住民たち。

天内　また⁉

白石　なんだ？　彼らは何を怒ってるんだい？

天内　さっきですね……

原住民　うがが～‼

天内　だから違うだろ！　おまえ達を痛めつけたのは俺じゃなくてあの忍者たちだろ‼　だいたいおまえら……

後ろに大玉が運ばれて来る。

三人　ええ‼

日比野　こういう石の玉って宝探しのお約束なんですか⁉

白石　こういう時こそわが社のアクティブアーマーでしょ！　パワー全開にすればこんな石の玉くらい！

天内　そう言えば、なんで白石さんアクティブアーマーを？

白石　だって暑いじゃない。僕、蒸れるの嫌いなんだよ。

天内　何を言ってるんですか！　アクティブアーマーはブライアント社の人間にとって命綱でしょ！

原住民　うがぁ～!!

石の玉をみんなで持ちあげる原住民。

白石　じゃあ、後はよろしく。

天内　え？

白石　汗かいちゃったから、水浴びして来る。

白石は行ってしまう。

天内　ちょっと！

原住民　うがぁ!!

天内　こうなったらもう、ドーンと来い!!

石の玉を投げ飛ばす原住民。
それを受け止める天内。

天内　アクティブアーマー、フルパワーだ!!

石を持ち上げる天内。

驚く原住民たち。

天内　これが、アクティブアーマーの力だぜ！　おらぁ～!!

逃げ出す原住民をそのまま追って行く天内。

日比野　さすがあの人だ……

日比野も追って行く。

【シーン　6】

ランディが険しい顔をしている。

ランディ　いったいどうなっているんだ。これでは動きが取れん。

そこへ入って来る赤影。

赤影　ランディ様！
ランディ　どんな具合だ？
赤影　青影も黄影もあまり芳しくございません。
ランディ　そうか。
赤影　的確に人間の急所を突いています。見事としか言いようがありません。
ランディ　まともに動けるのは拙者とおまえだけか。
赤影　はい。
ランディ　おまえもやっとって感じだな。
赤影　情けない限りです。

ランディ　白石十朗……　天内の上司って言ったな。
赤影　はい。ブライアント社の次期社長とも言われてます。
ランディ　では、やはり我らの事を知らぬのは不自然だ。
赤影　不自然です。
ランディ　事と次第によってはマジで許さんぞぉ！

かなり憤慨しているランディ。

ランディ　……とにかく、おまえは少し休んでいろ。
赤影　は！

姿を消す赤影。

ランディ　拙者は、少し探りを入れてくるか……

ランディも姿を消す。

【シーン　7】

リィが歩いて来る。

リィ　あの原住民はどこへ……

謎の男がそっとリィに忍び寄りナイフを突き付ける。

謎の男　動くな！
リィ　……
謎の男　リィ・シンセイだな。
リィ　そうだ。おまえは誰だ？
謎の男　俺のことはいい。それよりおまえに忠告がある。
リィ　なんだ？
謎の男　この宝から手を引け。そしてすぐさまここから立ち去るんだ。

リィが振り向こうとすると、グッとナイフを押し付ける。

謎の男　おまえにここにいられるといろいろ面倒なんだ。
リィ　俺は誰の指図も受けん。俺は俺の目的のために……
謎の男　風切か？
リィ　！
謎の男　もうひとつ忠告しておこう。風切を深追いすると命を落とすぞ。
リィ　おまえ、風切を⁉

ナイフをかわし、青竜刀で斬り掛かる。
それをあっさりかわす謎の男。

謎の男　忠告はしたぞ。

去って行く謎の男。

リィ　……

そこへやって来る鰐塚。

リィ　おまえは、確か天内と一緒にいた……

鰐塚　まだウロチョロしてやがったのか！　よし、来い!!

リィ　すまんがおまえの相手をしている暇はないんだ。

鰐塚　そうはいかん！　この聖なる聖地を……　いや、違う。普通の聖地を汚すものは……　なんか違うな……　え～い、とにかくドーン!!

鰐塚の攻撃をさらりとかわすリィ。

リィ　なんのつもりだ！

鰐塚　俺はこの聖地を護る大戦士、バナザットに弟子入りしたんだ。

リィ　バナザット？

鰐塚　おまえもさっき会っただろう。あの原住民の長だ！

リィ　おまえ天内の仲間なんじゃ？

鰐塚　そうだ。

リィ　ならば、なぜ敵の原住民に？

鰐塚　ワイルドに敵も味方も人種の違いもない。ワイルドは万国共通。今は固い絆で結ばれているんだ。

リィ　……自分勝手な奴だ……

鰐塚　うるせえ！

鰐塚が殴り掛かろうとする。

リィ　待て!!
鰐塚　ん？
リィ　おまえ今、バナザットに弟子入りしたって言ったな？
鰐塚　そうだ！
リィ　そいつは都合がいい。
鰐塚　都合がいい？
リィ　あ、いや……　おまえを見込んで頼みがあるんだ。
鰐塚　なんだ？
リィ　俺も、バナザットに弟子入りさせてもらえないか？
鰐塚　は？
リィ　バナザットに弟子入りしたいんだ。
鰐塚　ほお、おまえ見所あるな！　名はなんて言うんだ？
リィ　リィ・シンセイだ。
鰐塚　リィか。俺は鰐塚！　ワイルドな男だ。

手を差し出す鰐塚。
リィも手を出すが、それをスルーする。

鰐塚　でもな、弟子入りするのは大変だぜ。なにしろ最低でも1億ワイルドは必要だからな。残

リイ　念ながらおまえにはそれだけのワイルド値はない。
鰐塚　会わせて貰えるだけでいい。謙虚なやつだな。仕方ねぇ。

鰐塚はポケットからハンバーガーを取り出す。

リイ　なんだそれは？
鰐塚　ハンバーガーだ。
リイ　ハンバーガー？
鰐塚　まあ、俺に任せとけって。
リイ　おい、それ腐ってるぞ。
鰐塚　腐りかけが美味いんだ。
リイ　かけじゃない。完璧に腐っている。
鰐塚　師匠！　美味しい食べ物がありますよ。師匠‼
リイ　何をしている？
鰐塚　師匠を呼んでるんだ。
リイ　……

鰐塚が呼び続けると、バナザットがやって来る。

バナザット　おう！

リィ　餌付けしてるのか⁉

ハンバーガーを頬張るバナザット。

リィ　師匠というよりペットだな。

鰐塚　師匠、このリィって奴なんですがね……

バナザットに青竜刀が突き付けられる。

鰐塚　おい、何してんだ⁉

鰐塚を蹴り飛ばすリィ。

リィ　おまえに聞きたいことがある。

バナザット　……

リィ　伝わらないか……

鰐塚　てめえ……

鰐塚に青竜刀を突き付ける。

鰐塚　う……

リィ　通訳しろ。

鰐塚　は？

リィ　悪いな。あいつが宝を持ってるんで、おまえを利用させてもらった。

鰐塚　なに⁉　俺を騙すとはなめたマネを！

リィ　命が惜しかったら、奴に宝を渡すように言え。

鰐塚　ふざけんなっ‼　自分の命欲しさに師匠を……

リィ　ではおまえを殺す！

鰐塚　師匠！

鰐塚は現地語でバナザットに状況を知らせる。

バナザット　……

リィ　どうした？

鰐塚　交渉成立だ！

バナザットは戦う姿勢を取る。

リィ　には見えないが？

必死に伝えようとする鰐塚。
バナザットは首を横に振る。

リィ　あきらかに首を振ったな。
鰐塚　違う！　ここでは首を振るってのは了解したって意味なんだ！
リィ　どうやらおまえは人質の意味をなさないらしい。
鰐塚　（心の声）ヤバい、これはまずいよ。俺死んじゃう流れだ。早い、早いよ。全然活躍してねーよ！　なんとかしないと。そうだ！　良いこと思い付いた！　（戻って）リィ、宝は俺が持っている。この首飾りがその宝よ。

首飾りをリィに差し出す。

リィ　見え透いた嘘を……

リィは首飾りを崖下に投げ捨てる。

鰐塚　ああ～!!
リィ　俺は嘘付きは大嫌いだ。

そこへやって来る天内と日比野。

天内　見つけたぞ鰐塚！
鰐塚　おお、グッドタイミング!!　助けに来てくれたか友よ！
天内　何が友だ。裏切り者が！
リィ　天内は引っ込んでろ！　宝は俺が奪う!!
天内　は？
リィ　宝は（バナザットに近づき）こいつが持っている。

顔を見合す天内と日比野。

天・日　あーはっはっは！
リィ　何がおかしい？
天内　宝は鰐塚が持ってるんだよ！
リィ　なに!?
天内　鰐塚、首飾りをよこせ。
鰐塚　無理だ。
天内　なんで？
鰐塚　だって持ってないもん。
天内　どこにやった？

鰐塚　あいつに。

鰐塚はリィを指さす。

天内　おまえ何奪われてるんだよ‼
リィ　本当に鰐塚の首飾りがクロマの聖石なのか?
日比野　だから奪ったんでしょ!
天内　おいリィ、首飾りを渡せ!
リィ　捨てた。
天内　……何を?
リィ　クロマの聖石……
天内　ん?
リィ　そこの崖の下へ……
天内　またぁ、見え透いた嘘を。
リィ　……
日比野　天内さん。機械類正常に動いてますか?
天内　……動いてるね……

一同沈黙。

天内　おまえなんて事してくれたんだぁ〜!!
リィ　こいつがクロマの聖石を持ってるなんて誰が思う!?
天内　アホ！　バカ！　マヌケ！　もう、信じられねぇ!!
日比野　どうします？
天内　探すに決まってるだろ！

天内と日比野は宝を取りに向かう。

リィ　本物だったとは……

リィも崖下に向かう。
取り残される鰐塚とバナザット。

鰐塚　あ〜あ、もう……
バナザット　うがぁ〜!!
鰐塚　なんすか？
バナザット　（崖下を指さしながら）ううう……
鰐塚　いや……　師匠こそ酷いっすよ、俺を見捨てるなんて！　天罰が下りますよ。大自然の天罰が！
バナザット　うがぁ!!

バナザットがゼスチャーを始める。

鰐塚　強き者は生き、弱き者は死ぬ。それが大自然の掟。違うか？　そりゃそうですけど……

ゼスチャーを続けるバナザット。

鰐塚　おまえは全然ワイルドじゃない。グサッ!!　一番傷付く言葉……

さらにゼスチャーを続けるバナザット。

鰐塚　しかも、俺があげた首飾りをあっさり渡した……

バナザット　うがぁ!!

鰐塚　すいません！　あっさり渡しました……

バナザットは怒り心頭に去って行く。

鰐塚　わかりましたよ。師匠から貰った首飾りを取り返せばいいんでしょ！

鰐塚も宝を探しに向かう。

【シーン　8】

謎の男が現れる。
続いて白石が現れる。

白石　何をしている！　言ったはずだぞ、天内凛から目を離すなと。
謎の男　いつ来たんだ？
白石　ついさっきだ。おまえがいないせいで、彼の前に姿を現すはめになってしまった。適当に誤魔化しては来たが、僕がここに来ている事を彼に知られてしまったではないか！
謎の男　そう怒るな。こっちも予定外の事が起こってな。
白石　ん？
謎の男　厄介な奴が紛れ込んでいたんで、そいつを追っていた。
白石　厄介な奴？
謎の男　リィ・シンセイがいる。
白石　リィ・シンセイ？　ああ……
謎の男　どうやらあの事件を追っているらしい。
白石　なるほど。そいつは確かに厄介だ。

謎の男　一応、釘は刺しておいた。だが奴のことだ、放っておけばいずれ事件の……
白石　リィ・シンセイは僕がなんとかしよう。とにかくおまえは天内凛から目を離すな。でなければ、僕の代わりにここに派遣した意味がなくなる。
謎の男　そのあんたがここにいるという事は、向こうは片付いたのか？
白石　余計な詮索はいい。おまえはおまえの任務を遂行しろ。

謎の男が去ろうとする。

白石　わかっているだろうな？
謎の男　……
白石　天内凛、もしものときは……
謎の男　わかっている！
白石　ならいい。
謎の男　恐ろしいな、ブライアント社は。
白石　それがわが社のやり方だ。

去って行く謎の男。

白石　……

暗転していく。

【シーン　9】

天内と日比野が宝を探しながらやって来る。

天内　たく……　大変な事になったぞ……

日比野　ええ。

天内　なんで今回はこうトラブルばっかり続くんだ？

日比野　確かに……　なんかおかしいですよね、今回のミッション。

天内　え？

日比野　白石さんも、なんか怪しいですし。

天内　白石さんが？

日比野　あの人、怖い感じがしません？　なんかその、裏があるっていうか……

天内　まあ、何を考えてるかわからなくなるときあるよな。

日比野　親心とか言ってましたけど、本当は別の思惑があってここに来たんですよ！

天内　別の思惑？

日比野　はい！　今回のミッション、実は白石さんが仕組んだのかも!?

天内　ええ？

日比野　だいたいこんなところまで何しに来たって感じじゃないですか！
天内　確かに……　白石さんが現場に来るなんて珍しいもんな。
日比野　それに！
天内　それに？
日比野　着てなかったじゃないですか、アクティブアーマー!!
天内　でも、それがどういう……　あ！
日比野　ね！
天内　もしかして白石さんは今回の宝が機械を使用不能にするのを知ってた!?
日比野　可能性はあります。
天内　そしてわざと俺をここに派遣した!!
日比野　かもしれません！
天内　どうして？
日比野　それはわかりませんけど……　あの人が天内さんに何か隠しているのは確かだと思います！
天内　……

アクティブアーマーの調子が悪くなる。

天内　ん？
日比野　どうしました？

天内　またアーマーの調子が悪くなってきた。
日比野　ということは、すぐ近くにありますよ!!　よーし、集中集中！　何が何でも絶対にゲットしてみせる!!

辺りを探し始める日比野。

天内　おまえ切り替え早いな。
日比野　え？
天内　だって、白石さんの動向が怪しいってのに聖石を前にするとコロっと……
日比野　あたりまえじゃないですか！　僕たちの目的はそれなんですから!!　いいですか。アーマーの機能が不調ってことは、宝まであと一歩の所まで近づいてる証拠！　僕たちだけがドラゴンレーダーを持ってるようなものですからね。
天内　おまえも結構オタクだな。
日比野　あ、隠れて！
天内　え、何!?

日比野と天内は慌てて隠れる。
原住民たちが出て来る。

日比野　見つかると面倒です。

天内　そうだな。……ん、アーマーがダウンしちまった！
日比野　えっ⁉
天・日　ということは……

原住民の一人が首飾りをしている。

日比野　あいつの首を見てください！
天内　間違いねえ！　鰐塚が付けていた首飾りだ。よし、俺が……
日比野　ちょっと待ってください！
天内　何だ？
日比野　今の状態であの原住民に勝てるんですか？
天内　確かに……
日比野　ここは僕に任せてください！
天内　おまえに⁉
日比野　やつらは単純そうだから、なんとかなりそうです。
天内　なんとかなりそうって……　おい、日比野！

日比野が原住民たちの前に飛び出す。

日比野　やあ！

臨戦態勢を取る原住民たち。

日比野　その首飾りを僕に渡して下さい！

日比野は手を出す。

すると原住民は首飾りを素直に渡す。

天内　え？

日比野　ありがとう！　もう行っていいですよ。

原住民はおとなしく去って行く。

天内　どういうこと？

日比野　やったぁ～!!　ついにクロマの聖石を手に入れたぞぉ!!　ほら、見て天内さん！　クロマの聖石ですよ。ついに手に入れたんですよ！

天内　それより、おまえ、今……

日比野　ん！　誰か来るっ!?

慌てて宝を体の後ろに隠す日比野。

現れるのはリィである。

天内　リィ！
日比野　ど、どうも。

あいそ笑いをする天内と日比野。

リィ　なんだ？
天内　え⁉　いや、別に……　あ、宝は見つかったか？
リィ　そう簡単に見つかりはしない。
天内　そうだよな。
リィ　一度はこの手に摑んだというのに……
天内　案外おまえは抜けてるからな。
リィ　黙れ！

リィのひじ打ちが天内のボディに決まる。

天内　うぐ……
日比野　大丈夫ですか？
天内　こいつが、ダメなの忘れてた……

日比野　しっ！
リィ　ん……
天内　なんでもないよ～!!
リィ　ずいぶん落ち着かない様子だな。何かあったか？
天内　そ、そんなことねーよ！　もう落ち着いちゃって落ち着いちゃって大変だよ。
リィ　落ち着いてるのに大変なのか？
天内　え、ああ。そうだよ。つーか、とりあえずあっちとか探して来いよ。落ちてそうじゃん。な！
リィ　ほら、早く行け！
リィ　……
日比野　だったら僕らが探しに行きましょうか。
天内　あ！　そうだな。じゃあ、探しに行こうか。

が、アクティブアーマーの調子が悪く思うように動けない天内。
リィが天内を蹴り飛ばす。

天内　うわぁ！
リィ　どうした？　アクティブアーマーの調子が悪そうじゃないか？
天内　正常だよ！　俺のアクティブアーマーはいたって正常だよ！
リィ　そうか。

リィの拳が天内のボディに突き刺さる。

日比野　（小声で）耐えて！

必死の形相で笑顔を浮かべる天内。

リィ　正常に機能してるんだろ？

天内　ああ！　あたりまえじゃないか。おまえのパンチなんて全然……

もう一度リィの拳が突き刺さる。

倒れる天内。

日比野　天内さん！

日比野の持っているクロマの聖石が目に入る。

リィ　そういうことだろうと思った。

日比野　う……

天内　日比野、俺に構わず……

日比野　わぁ〜!!

猛ダッシュで逃げる日比野。
追うリィ。

天内　って、おーい！　信じらんねえ。あいつほんとに一人で逃げやがった……

アクティブアーマーが正常に戻る。

天内　お、直った！　って、今頃戻ってもおせーんだよ!!

天内も慌てて追って行く。

【シーン　10】

日比野が逃げて来る。

日比野　もう、僕の体力じゃ逃げ切れないよぉ！
ランディ　そうだな！

物陰から現れるランディ。
日比野を気絶させ、宝を奪う。
追って来たリィと鉢合わせする

リィ　おまえは……
ランディ　おぬし、先ほど天内と一緒にいた男だな。
リィ　おまえの狙いも結局そいつか。
ランディ　拙者の任務は天内の暗殺！　それ以外に興味はない!!
リィ　だったら、そいつを置いて天内を殺りに行ったらどうだ？
ランディ　おぬし仲間のくせにずいぶん冷たいでござるな。

リィ　仲間⁉

ランディ　まあいい。おぬしを天内の仲間とお見受けしたうえで、ひとつ聞きたい事がある！

リィ　勘違いするな。俺は天内の仲間なんかじゃない。

ランディ　おぬし、ブライアント社の者ではないのか？

リィ　俺はフリーのトレジャーハンターだ。ブライアント社は俺の敵だ。

ランディ　なに⁉　ならばそれはそれでちょうどいい！　奴はなぜ狙われている？

リィ　おまえが狙ってるんだろ！

ランディ　拙者は依頼を受けただけのこと。だが今回の任務、どうにもきな臭くてな。

リィ　依頼を受けたおまえがわからん事を、俺がわかるはずあるまい！

ランディに斬り掛かるリィ。
激しい攻防になる。

リィ　おとなしく宝を渡せ！

ランディ　この宝を狙う者はすなわち、天内と関わりを持つ者！　その中の誰かが拙者の疑問に答えてくれるまでこいつは誰にも渡さん！

戦うリィとランディ。

リィ　頑固な侍だ。

ランディ　侍ではない。（決めポーズで）忍者だ！
リィ　どちらでもいい！
ランディ　よかろう！　そんなにこれが欲しいなら……

ゆっくりと宝を地面に置くランディ。

リィ　なんのつもりだ？
ランディ　ここから五歩歩いたところで振り返り、そこから飛び込んで先にこの首飾りを手にした者が勝者というのはどうだ？

リィに背を向けるランディ。

リィ　いいだろう。

ランディの体に背をつけるリィ。
一歩ずつ歩いて行く。
そのとき鰐塚が現れ宝に手を掛ける。
五歩目に到達し振り返るランディとリィ。

鰐塚　あ……　あばよ!!

宝を持って慌てて逃げ出す鰐塚。
追うランディとリィ。

日比野　はっ！

気絶していた日比野が目を覚ます。

日比野　ああ、もう！　せっかく手に入れたのにっ!!　参ったな……
バナザット　うがぁ!!

バナザットが現れる。

日比野　やっべ！

逃げようとする日比野。
だが、あっと言う間に原住民たちに取り囲まれる。

日比野　あ、あの首飾りはもう……

にじり寄る原住民たち。

日比野　本当に持ってないんです！

日比野に一斉に飛び掛かる。

日比野　うわぁ〜!!

暗転していく。

【シーン 11】

天内が日比野を捜しながらやって来る。

天内 おーい、日比野！　日比野ぉ〜!!　たく、あいつどこに逃げやがった……　逃げ足だけは速いんだ。

そこへ浮かれ気分の鰐塚が歩いて来る。

天内 鰐塚！
鰐塚 お、おお！
天内 何驚いてんだよ？
鰐塚 バ、バカ！　驚いてなんかねーよ!!　そんなことより、おまえこんなとこで何してんだ？
天内 日比野を捜してんだ。
鰐塚 日比野？
天内 ああ。俺の相棒。おまえ見かけなかった？
鰐塚 さあな。

天内　そうか……

鰐塚の前を通り過ぎようとした瞬間、アクティブアーマーがダウンする。

天内　な……
鰐塚　どうした?
天内　いや、アーマーが!!　ん、てことは……

鰐塚と目が合う天内。

天内　おまえ!
鰐塚　じゃあ俺、先を急ぐから!
天内　待て!!

鰐塚にしがみ付く天内。

鰐塚　なんだよ、凛ちゃん!!
天内　おまえ持ってるだろ!
鰐塚　俺は宝なんか持って……　あ、しまった。
天内　やっぱり!

鰐塚　しかし、なんでわかったんだ？
天内　俺にはドラゴンレーダーがあるんだよ！
鰐塚　ドラゴンレーダー⁉
天内　まあなんにしても、おまえのとこに戻って来て良かったぜ！

鰐塚のポケットからクロマの聖石を取り出す天内。
それを再び奪い返す鰐塚。

鰐塚　誰が渡すかよ！　これはな、俺と師匠の絆の証なんだよ‼　誰にも渡さねえ。
天内　おりゃぁ！

鰐塚を転ばせ、その隙にクロマの聖石を奪い取る天内。

天内　今度こそ手に入れたぞ‼

その瞬間、天内がまたフラッシュバックを起こす。
パニックになり暴れ出す。

鰐塚　どうしたんだ⁉

そんな天内に追い詰められる鰐塚。
謎の男が現れ、天内を止める。

鰐塚　なんだってんだいったい？
謎の男　意外な力を発揮するものだな。
鰐塚　ん⁉
謎の男　こいつは俺が預かる。
鰐塚　誰だ、おまえは？
天内　……またおまえか……　いったい何者なんだ？
鰐塚　返しやがれ‼

鰐塚が攻撃を仕掛けるが、あっさりやられてしまう。

天内　くそ！

天内もまったく相手にならない。

謎の男　こいつの前では機械類はその機能を果たさない……　だったかな？

去って行く謎の男。

天内　待て！
鰐塚　なんだよ……　結局宝を奪われちまったじゃねーかよ！
天内　……
鰐塚　たく、俺がいねえとなんにも出来ねえんだからよ。
天内　アーマーの調子が悪いだけだ！
鰐塚　調子が悪いのはそいつだけか？
天内　え？
鰐塚　どうしたんだよ、急に暴れ出しやがって！　あやうく殺されるかと思ったぜ。
天内　ごめん……　悪かったよ……
鰐塚　なんかの発作か？
天内　俺にもよく……　ただ、最近あんな風に頭が痛くなることが多くて。
鰐塚　俺と一緒にいた頃はそんなこと一度もなかったぞ。
天内　ああ。
鰐塚　もしかして、疲れてんじゃねーのか？
天内　……かもしんない。
鰐塚　よし！　こうなったら、もう一度おまえと組んでやるか。
天内　は？　なんでそういう展開になるんだよ！
鰐塚　今のおまえには俺の強さが必要なはずだ。
天内　あのな、おまえが強くなったんじゃない。俺が弱くなったんだ。

鰐塚　ああ、あの会社に入って腑抜けになっちまったな。
天内　そういう意味じゃなくて！
鰐塚　じゃあなんだよ？
天内　あのな、（耳打ちして）かくかくしかじか。
鰐塚　そうなの⁉　あの宝にはそんな力が……
天内　ああ。
鰐塚　で、その服がね……
天内　わかったたか。
鰐塚　しかもおまえが（アドリブ）だったなんてな。
天内　んなこと言ってねーよっ‼
鰐塚　え、今のかくかくしかじかにはそれは含まれてないの？
天内　含まれてるわけねーだろ！

アクティブアーマーの調子が戻る。

天内　アーマーの調子が戻った！　じゃあ俺は行くわ‼
鰐塚　おまえ、本当に弱くなっちまったな。
天内　は？
鰐塚　今のおまえは冒険家としては下の下だ。
天内　なんだよいきなり。

鰐塚　そんな機械に頼っているようじゃしょうがねえってまだ気付かないんだからな！
天内　あのな！　俺は一流になるために頑張ってんの！　富も名声も欲しいし、そのためにブライアント社に入って必死になってやってきたんだよ!!　おかげでランクも上がって、それなりに名も売れて来た。
鰐塚　でも弱くなった。
天内　なってない！
鰐塚　さっき疲れたかもって言ってたじゃねーか!!
天内　それは……
鰐塚　昔のおまえは、どんなに苦しい冒険でも疲れたなんて言った事なかったぞ。
天内　……
鰐塚　疲れることより、冒険で手に入れる楽しさの方が……
天内　楽しいだけじゃ何も手に入らないんだよ！　欲しい物が手に入らないなら何のために生きてるのかわからないじゃないか!!
鰐塚　……

鰐塚が懐からカードを取り出し天内に渡す。

鰐塚　これを覚えてるか？
天内　これは……
鰐塚　俺とおまえが勝手に作ったライセンスカードだ。

天内　おまえ、まだ……

鰐塚　この頃は楽しかったよな。毎日がワクワクドキドキしててよ。なのに突然おまえは変な組織に入っちまってよ……　機械にばっかり頼って、命令に従って宝を探して、ランクばっか気にして、おまえ今楽しいか？

天内　……

鰐塚　楽しいのか⁉

答えられない天内。

鰐塚　だったら思い出してみろよ、なんのためにトレジャーハンターになったのか！　金を手にするためか？　名声を得るためか？　違うだろ！　俺たちはただ冒険をしたかったんじゃねーのか⁉　刺激と興奮に満ち溢れた、胸がすくような大冒険を‼

天内　……

鰐塚　もう一度二人で組んで、どでかい宝を手に入れようぜ‼

鰐塚が手を出す。

考える天内。

鰐塚　ほれ！

天内　……まあ、しょうがねえな。今回の宝は俺には厄介すぎる。

鰐塚　は？

天内　だから！

鰐塚の手を握る天内。

鰐塚　よし！

すぐに手を離す。

天内　でも、手を組むのはとりあえずだからな！　宝を奪ったら、そのとき改めて勝負だ。

鰐塚　上等だ！

拳を付き合わせる天内と鰐塚。

走り去る二人。

【シーン 12】

リィとランディが鰐塚を捜して出て来る。

ランディ どこに隠れた卑怯者！
リィ 俺の後を追って来るな！
ランディ 追って来ているのはおまえだ！
リィ どちらでもいい!!

リィが青竜刀を振り下ろす。
かわすランディ。

ランディ まったく、短気な奴だ。宝を見つけても絶対おぬしにはやらんからな！
リィ 宝は俺が先に見つける。
ランディ ばいばい！ 一生ばいばーい!!

走り去るランディ。

一人残ったリィの前に白石が現れる。

白石　ちょっとよろしいですか？

リィ　ん？

白石　あなたリィさんですよね？　リィ・シンセイ。

リィ　そうだ。おまえは誰だ？

白石　私、ブライアント社の白石と申します。

リィ　白石⁉　おまえがあの……

白石　あなたの噂は聞いています。数多くのミッションをこなし、ランクAの実力者としてその名を轟かせる優秀なトレジャーハンター。

リィ　俺もおまえの噂は聞いている。ブライアント社の次期社長候補にして、ランクSを保持する現在最高峰のトレジャーハンター。その腕前は、あの風切八尋と双璧をなすという。

白石　おお、僕のことを知っててもらえて光栄です。

リィ　風切八尋はどこにいる？　答えろ！　ブライアント社上層部のおまえなら知っているはずだ‼

白石　そんなことより、あなた契約しませんか？　ブライアント社と！

リィ　なに？

白石　うちは優秀な人材を求めています。あなたほどの腕があれば収入もグングンと……

リィ　ふざけるな！　俺が欲しいのは金じゃない。風切の情報だけだ‼

白石に斬り掛かるリィ。
軽くかわす白石。

白石　良い太刀筋ですね。しかしその程度の腕では風切八尋には及びませんよ！
リィ　おまえ、やはり知っているんだな！
白石　だからこそ忠告しましょう。これ以上彼を深追いするのはやめた方がいい。
リィ　嫌だと言ったら？
白石　死の淵をさまよう事になりますよ。あなたのお兄さんのように。
リィ　！
白石　あなたが風切に復讐したい気持ちはよくわかります。しかしそんなものに囚われ続けたあげく、お兄さんのように酷い目に遭ってはつまらないでしょ？
リィ　おまえ、俺の兄貴を!!

リィの怒涛の攻撃。
それをいとも簡単に受け止める白石。

白石　トレジャーハンティングは楽しくなくっちゃ！　あなたもつまらない復讐などやめて、うちに入って楽しい生き方を手に入れてみませんか？
リィ　おまえが風切八尋なのか？
白石　は？

リィ　でなければ、兄貴の事を知っているはずがない。そうなんだろう！
白石　そう思うのはあなたの勝手ですが……　だとしたらどうします？
リィ　言うまでもない!!

リィは猛攻をみせるが、逆に白石に追い詰められる。

白石　だから言ったでしょ。その程度の腕では風切八尋には勝てないって！
リィ　おまえやはり!!

そこへ割って入る謎の男。

リィ　おまえは⁉
謎の男　俺も言ったはずだぞ。風切を深追いすると命を落とすと。
白石　何をしている⁉　こっちは任せろと言っただろ!!
謎の男　クロマの聖石のパワーが奴の奥に眠る記憶を解放しようとした。
白石　なに⁉
謎の男　だから回収して来た。
リィ　それは！

そこへ天内をおぶった鰐塚が入って来る。

鰐塚　おまえ、重いんだよ！
天内　てことは、近づいてるって事なんだよ！
鰐塚　ん！

謎の男が持っているクロマの聖石に気付く天内と鰐塚。

天内　見ろ！　アーマーダウンするところに聖石ありだ!!
リィ　はあっ!!

リィがクロマの聖石を奪おうと飛び掛かる。

鰐塚　おいリィ、何やってんだ!?
天内　白石さん！　なんでそいつと!?
白石　（謎の男に）引け、おまえがいるのはまずい！

謎の男は素早く去って行く。

リィ　待て!!

リィの行く手を阻む白石。

リィ　く……

天内　白石さん、今のは……

アーマーが回復する。

天内　直った！　よし‼

謎の男を追おうとする天内。

白石　さあ、引き上げるよ。天内君！

天内　え？

白石　宝は手に入れた。もうここに用はない。

鰐塚　なに⁉

白石　君たちには悪いが、今回の宝は我がブライアント社が頂く。

鰐塚　おいおい、横からしゃしゃり出て来て、美味しいとこだけ持ってこうなんて虫が良すぎるだろ！

天内　ちょっと待ってくださいよ！　これは俺の任務なんです。どうして白石さんが宝を？

白石　任務はもう終了したんだ。これ以上君の手をわずらわせる事はない。

天内　そんな！　確かに会社的には誰が手に入れてもいいんでしょうけど、俺にはランクAキープが掛かってるんです！　俺が持って帰らない事にはランクB格下げ決定なんですから!!

白石　じゃあ、宝は天内君が手に入れた事にしてあげる！　それでいいでしょ？

天内　……やっぱりおかしい……

白石　え？

天内　おかしいですよ白石さん！

白石　何が？

天内　だっておかしいじゃないですか⁉　普段現場には来ない白石さんが来て、俺の任務に横やり入れたかと思ったら、宝は手に入れた事にしてやるなんて！

白石　……

天内　だいたいあの男はなんですか⁉　あいつは俺の任務を邪魔した男だ。どうして白石さんと一緒にいたんですか？

白石　……

天内　白石さん!!

リィ　そいつは何かを隠している。風切八尋の事もだ。

鰐塚　なんかよくわかんねーけど、面白い事になってきたな！

天内　あなたはいったい何を隠しているんですか⁉

白石　天内君が僕に不信感を抱くのはよーくわかる。天内君の回りにはどうも不穏な動きが多いからね。

天内　不穏な動きをしているのは白石さんでしょ！

白石　それは誤解だよ！
天内　おかしいよ……　おかしいですよ白石さんは!!
白石　僕は……
ランディ　おかしい!!

ランディが現れる。

ランディ　おかしいぞ、おぬしは！
白石　またまたおかしなのが……
ランディ　黙れ！　おかしいのはおぬしの方だ、白石十朗!!
白石　だから早く帰ろうって言ったのに！
ランディ　拙者の疑問が解けるまでは返すわけにはいかん！
白石　悪いんですけど、これ以上うちの者を付け回すのはやめてもらえませんか。
ランディ　だから、そこがおかしいと言っておるのだ！
白石　は？
ランディ　おぬしはそうやって拙者の邪魔ばかりするが、ならばなぜこの男の暗殺を依頼したのだ⁉
天内　え……
白石　何を言ってるの？
天内　本当なんですか白石さん？
ランディ　正確には、拙者におぬしの始末を依頼したのはブライアント社だが、次期社長ともあろう

白石　男がその指令を知らぬはずがなかろう！
ランディ　……
天内　本来ならクライアントの名を明かすのはご法度。が、今回にいたってはどうにも納得のいかん事が多いんでな。こうしておぬしに問いただしているのだ!!
白石　そうか！　白石さんは俺がランディにやられたかどうか確認しに来たんだ。そして万が一の時の第二の刺客！
天内　どうしてそういう思考になっちゃうかな？
白石　なぜです？　なぜブライアント社は俺を狙うんですか⁉　まさか……　俺のなくした記憶に関係してるのか？
どうやら、事態はだいぶ悪化しているようだね……　こうなったら君の首に縄を付けてでも連れて帰るよ。

白石が天内に近寄る。
咄嗟に距離を取る天内。

白石　どういうつもり？
天内　あなたの思い通りにはいきませんよ！　俺だってランクAのトレジャーハンターだ……
白石　ランクAの君が、ランクSの僕に勝てるのかな？
天内　そんなの……　やってみなくちゃわからないでしょ！
鰐塚　うおりゃ～!!

背後から白石に殴り掛かる鰐塚。
が、かわされ天内の前に転がり込む。

天内 鰐塚⁉

鰐塚 これであの会社に入った自分のバカさ加減がわかったろ‼　昔のよしみだ。手を貸してやるぜ！

白石 君ね……

リィ はぁ！

今度はリィが白石に向かって行く。
ひらりとかわす白石。

天内 リィ⁉

リィ 俺は風切の情報が欲しいだけだ。こいつが風切なのか？　それともあの男が風切なのか？　どちらにせよ、こいつを倒して吐かせるまで。

ランディ 拙者も助太刀いたす。

天内 小泉さんも⁉

ランディ （モノマネしてから）違うわい！　拙者は（決めポーズで）忍者だ‼

天内 けど、どうして？

ランディ　そいつには小馬鹿にされっぱなしでイライラしておる。それにおぬしには危ういところを救ってもらった恩義がある。
鰐塚　いいじゃねえか、いいじゃねえか！　わくわくしてきたぜ!!
白石　あんまり邪魔するようだと、僕も本気で怒るよ。

一斉に構える四人。

白石　さあ、天内君！

四人が白石に攻撃を仕掛ける。
激しい戦いになる。
が、白石はびくともしない。

リィ　これがランクSの力か……
ランディ　拙者の攻撃がひとかすりもせんとは。
白石　だから言ったでしょ。僕に勝てるのかなって！
鰐塚　おいおいマジかよ。こっちは四人掛かりだぜ!?
天内　おまえほとんど何もしてないだろ！
リィ　くそ！

127　トレジャーボックス

力を振り絞り白石に挑む四人。
しかしやはり歯が立たない。

白石　みなさん、この件から手を引きなさい！　クロマの聖石も風切の情報もこれ以上は……
リィ　誰がっ!!

白石に斬りつけるリィ。
受け止める白石。

白石　なるほど……　死にそうな目に遭わないと、わからないという事ですか!!

白石が本気を出す。
離れていた鰐塚以外、みなやられてしまう。

鰐塚　こらぁ！　気合い入れろ～!!
天内　何もしてねーくせに偉そうなこと言うな!!
鰐塚　バカ野郎っ!!　見てろよ……

鰐塚が天に手を翳す。

鰐塚　地球のみんな！　俺に少しずつワイルドを分けてくれ!!
白石　何をしているのかな、君は？
天内　逃げろ鰐塚！
鰐塚　来た！　来た来た来た来た来た来た!!　来たぞ〜!!
天内　そんなもん来るわけ……
鰐塚　くらえっ!!　ワイルドボール！

石の玉が転がって来る。

白石　え⁉

石の玉に吹っ飛ばされる白石。

鰐塚　ほら、出たぞ！

後ろから赤影・青影・黄影が登場。

赤青黄　忍法、大玉転がし!!
天内　まんまじゃねーか！
ランディ　おめえたち、大丈夫なのか傷は？

赤影　なーに、こんな傷！
青影　こんな傷！
黄影　こんな傷！
赤影　ランディ様のピンチに寝込んでいるわけには参りません！
青影　参りません！
黄影　参りません！
ランディ　おめえたち！

立ち上がって来る白石。

白石　次から次へと……

天内が石の玉に手を掛ける。

天内　アクティブアーマー、フルパワー!!

石の玉を持ち上げる。

白石　え!?
天内　とっととここから帰って下さい！　でないと……

白石　冗談やめようよ！
天内　それはそっちでしょ！　俺の命を狙うなんて冗談きついっすよ！
白石　ちょっとちょっと……
天内　うおりゃぁ～!!

再び石の玉に跳ね飛ばされ、フラフラな白石。

天内　うお～!!

天内の拳が白石のボディに突き刺さる。

白石　天内君……

崩れ落ちる白石。

天内　すげーよ！　あの白石さんに勝っちまったよ!!
鰐塚　大自然が俺に味方してくれたおかげだぜ！
ランディ　バカ者！　味方をしたのは拙者の部下だ！
赤影　そうだ！
青影　そうだ！

黄影　そうだ！

そのとき天内のアクティブアーマーからスパーク音がする。

日比野　あ！　かなり無理しちまったから、アーマーがいかれちまった……
天内　ワイルドパワーがあれば、そんなもん必要ねーよ。そんなことより、早くさっきの男を追っかけて宝を取り返そうぜ！
鰐塚　その必要はないですよ！

日比野がクロマの聖石を持って出て来る。

日比野　宝なら僕が。
天内　日比野……
ランディ　おぬしは確か天内の腰巾着。
日比野　腰巾着は酷いな。
鰐塚　よくやったもやしっ子！　さあ宝を渡しな！

鰐塚が手を伸ばすと、さっとよける日比野。

日比野　これは誰にも渡さないよ。この宝は僕の物だ！

一同　は？
天内　おい、どうしたんだよ日比野？
鰐塚　暑さで頭がおかしくなったんじゃねーのか？
日比野　別におかしくなんか……　あ、そうか。天才って凡人から見るとおかしく見えるもんなんですよね。
天内　おまえ、まさか白石さんとあの男とグルだったのか？
日比野　そんなわけないでしょ。
リィ　なら、なぜそいつをおまえが持っている？
日比野　さっきそこで、この首飾りを持ったあの謎の男にばったり会っちゃって！　で、ちょちょいと片付けてこいつを頂いたってわけ。
リィ　おまえがあの男を片付けたのか⁉
日比野　まあ、多勢に無勢ってとこですかね！

バナザットを始め、原住民たちが一同を取り囲む。

鰐塚　師匠‼　どうして⁉
日比野　この人たち単純だったから簡単にコントロール出来ました。
天内　コントロール？
日比野　テレパシーとでも言うんですかね？　僕は人よりちょっぴり脳波が強くて、他人の脳に干渉する事が出来るんです。

天内　さっきの原住民にもその力を使ったんだな。
リィ　おまえいったい何者だ？
日比野　この世の全てを支配する者……　なんちゃって！
リィ　ふざけるな！

リィが日比野に向かって行くが原住民たちが日比野を護る。

リィ　く……
日比野　いやいや、みなさんには感謝してるんですよ！　本当にありがとうございました。
一同　……
日比野　だって僕の最大の敵をやっつけてくれたんですから!!

倒れている白石を見降ろす日比野。

天内　どういうことだ!?
日比野　白石はね、君を護ろうとしてたんですよ。僕の魔の手からね。
天内　ちょっと待てよ！　あの人は俺に隠しごとをしてたんだぞ。クロマの聖石の力も本当は知ってたんだ！　その証拠にアクティブアーマーも着てなかったし！
日比野　それは蒸れるのが嫌だっただけでしょ、たぶん。
天内　……じゃあ、あれは本当だったんだ……

日比野　いやほんと、白石が出て来たときは生きた心地がしなかったよ。あの人、僕の正体に気付いてるっぽかったから。
天内　じゃあ白石さんは俺に何を隠して……
日比野　ブライアント社にある開けてはならない秘密の扉。それを護るためにあいつは必死なんだよ！
リィ　風切八尋のことか⁉
日比野　その通り‼　そして、その秘密の扉は……　君の中にある！

天内を指さす日比野。

天内　俺……
日比野　僕はその扉を開けるために今回の作戦を思い付いたんだ。
天内　どういうことだよ？
日比野　その扉を開けるためには、君を極限まで追い込む必要があった。だからクロマの聖石の探索という君には不利なミッションを設定し、さらに暗殺者を差し向けることで君のピンチを演出した。
ランディ　では、おぬしが拙者を⁉
日比野　そう！　僕がブライアント社の上層部の人間を操ってね。
天内　なんでそんな手の込んだ事を⁉　おまえの目的はいったいなんなんだ‼
日比野　教えてあげたいけど、ここはギャラリーが多すぎる。場所を変えるから付いて来て！

日比野を追おうとする天内。

原住民が邪魔で日比野と天内には近づけない。

リィ　待て！

日比野　他の人たちは邪魔なんで、ここで消えてください。

鰐塚　なんだと！

日比野　ここから先は僕とこの人……　二人だけの世界だ！

日比野が去って行く。

と同時に原住民が三人に襲い掛かる。

バナザットの強烈な一撃が鰐塚に決まる。

鰐塚　うおぉ……

天内　鰐塚！

鰐塚　行け!!

天内　でも！

鰐塚　師匠を目覚めさせるのも弟子の役目だ！

リィ　ならここは任せた。

　　リィが乱戦から抜け出す。

リィ　俺は行かなければならない。風切の情報を得るために!!

　　リィは一足早く日比野を追って行く。
　　天内は動けない。

鰐塚　早く!!　全てが片付いたら、また一緒に冒険しようような。期待に胸を膨らませてよ！
天内　わかった……　死ぬなよ!!

　　天内も日比野を追う。

鰐塚　つーことで、俺は師匠と勝負する。残りは頼むぜ！
ランディ　え!?

　　鰐塚はバナザットと戦いながらハケて行く。

ランディ　しょうがないな……　いくぞおめえたち!!

赤影・青影・黄影はグロッキー状態。

ランディ　って、拙者一人かい……

一人で原住民たちを相手にするランディ。
一進一退の攻防が続く。

ランディ　いつまで寝てる、おめえたち!!

立ち上がって来る赤影・青影・黄影。

ランディ　いけるな?
赤青黄　はい!
ランディ　よし、忍者の底力を見せてやる!

戦うランディたち。
原住民たちを追い払う。
へたり込む赤影・青影・黄影。

ランディ　その傷付いた体でよく頑張った。しばらく休んでいろ。
赤青黄　はい。

ランディは走り去って行く。

【シーン　13】

鰐塚とバナザットが対峙している。

鰐塚　いつか師匠を超えなきゃいけないと思っていたが、もうその時が来るとは。弟子入りして四・五時間。すごく節操のない人みたいになったが仕方ない。今、師匠を超える！

バナザットに挑んで行く鰐塚だが、一撃でふっ飛ばされる。

鰐塚　まあ、こうなるよな……

なんとか立ち上がってくる鰐塚。

鰐塚　こうなったら捨て身の一撃だ。捨て身の一撃で……　目覚めさせる!!

渾身の一撃を放つがバナザットに止められてしまう。
逆にバナザットの一撃をくらい膝が折れる鰐塚。

崩れ落ちるすんでで踏ん張り、頭を脇腹に突き刺す。

鰐塚　どうだ〜!!

が、バナザットには効いていない。
ふっ飛ばされる鰐塚。

鰐塚　やっぱりだめか……　やっべぇ。超ワイルド野郎鰐塚散るってか……

バナザットがとどめを刺しに近づいて来る。
しかし、突然バナザットの動きが止まる。

鰐塚　ん……　効いたのか？　俺の一撃が……

お腹を押さえ、額には汗が浮かんでいる。

バナザット　うぐぐぐ……
鰐塚　そういうことか！

悪魔の笑みを浮かべる鰐塚。

鰐塚　下しましたなぁ、師匠ぉ！

バナザット　うぐぅ……

鰐塚　あれだけ腐った物を食べたんだ。腹を壊してあたりまえ！

苦しそうなバナザット。

鰐塚　自然界は弱肉強食。呪うなら自分の不運を呪ってください。

バナザット　うぐぐ……

鰐塚　ここが勝負所！　オラオラオラオラオラオラ！

苦しむバナザットの腹部に攻撃を集中する。

腹痛が限界に達するバナザット。

鰐塚　師匠！　今あなたを超えるっ!!

渾身の一撃がバナザットのお腹に突き刺さる。

バナザット　うぉぉぉ～!!

悶え苦しみ、お尻を押さえながら去って行く。

鰐塚　勝ちは勝ちっすよ、師匠。

走り去る鰐塚。

【シーン 14】

日比野がクロマの聖石を眺めながら悠然とやって来る。

日比野　こいつさえあれば……

そこへ走り込んで来る天内とリィ。
天内はアクティブアーマーを脱ぎ棄てている。

天内　日比野！
リィ　さあ、説明してもらおうか。
日比野　困ったな。僕はリィさんには興味ないんだけどな。
リィ　答えろ！　風切八尋はどこにいる!!
日比野　いるよ。すぐそばに……

不気味な笑みを浮かべる日比野。

リィ　まさか、おまえが⁉
日比野　（天内に）ねえ、風切さん！
天内　え？
日比野　まだ思い出さないの？　しょうがないな……

日比野が天内の脳に干渉する。
すると天内の記憶が鮮明に蘇っていく。

男　少し落ち着け！　な！　わかった、２０００でどうだ？　悪くないだろ！
風切　俺を見下してるのかぁ⁉
男　おい、どうした？　落ち着け！
風切　うぐぐ……
男　やめろ！　わかった、やるよ‼　だから……　よせ！
風切　うぉ～‼

完全に記憶を取り戻す天内。

リィ　どうした？
天内　これが……　俺の記憶……
日比野　思い出したようですね！　良かったぁ‼　人間の脳って繊細だから、一気に記憶を呼び戻

リィ　そうとすると拒否反応を起こして逆に記憶を壊しかねないからさ。
日比野　何がどうなっているんだ？
リィ　風切八尋は、僕がブライアント社に頼まれて作った、いわば実験体だ。
日比野　なんだと⁉
リィ　僕の力で天内さんの脳を刺激して限界まで能力を引き出し、ランクSのトレジャーハンターに仕立て上げた。それが風切八尋というわけさ！
天内　……
リィ　バカな……
日比野　だけど彼は、本当にギリギリの実験体だった。ちょっとした事で脳のバランスが崩れ暴走しかねない。そんな時、あなたのお兄さんと出会ってしまった。
リィ　……
日比野　あなたのお兄さんは風切八尋と激しい争奪戦を繰り広げ、ついに限界点を突破させてしまったんだ！
リィ　それで、俺の兄貴は……
日比野　風切は手のつけられない猛獣のようになってしまったからね……　僕が風切としての記憶を封印する事によって、なんとか事態を収拾させたんだ。
天内　俺がリィの兄貴を……
日比野　ところがっ‼　ブライアント社はそんな僕を殺そうとしたんだ！　この計画の発案者で会社の恩人であるはずのこの僕をっ‼　こんな人体実験が明るみに出たら社運に関わるって、この事件ごと僕を闇に葬ろうとしたんだ。

天・リ　……

日比野　でも僕は生き延びた……　生死の間をさ迷うような大怪我を負わされたけど、必死で生き延びた!!　そして怪我で顔が変わってしまったのを利用して、ブライアント社に再就職し、風切八尋の力を再び解放し自分のものにしようと天内さんに近づいたんだ！

天内　……

日比野　僕をこんな目に遭わせたブライアント社に復讐するためにね!!

天内　だからおまえはいつも俺と一緒に……

日比野　さあ、どうするリィさん？　やるかい？　兄さんの仇を取るために風切と!!

リィ　……兄貴の仇が……　天内……

天内　……

真実が天内に重くのしかかる。

天内　おまえ言ってたよな。仇討の邪魔をする奴は誰だろうと倒す。それが俺でもって！

リィ　天内……

天内　因果があれば応報がある。今度は俺がおまえに討たれるよ。

日比野　ちょっと待ってよ！　ここまできてやられちゃ困るよ!!　これから君と僕で新しい世界を作るところなんだからさ！

天内を操る日比野。

天内　うう……
日比野　さあ、ブライアント社をぶっ潰す前の小手調べだ！　リィさんをやっつけちゃえ。
リィ　天内！
天内　俺は……　風切八尋！　最強のトレジャーハンターだ!!
リィ　まさか、俺の探し求めていた結末がこんなものだとはな……
日比野　僕の仲間になってくれるなら助けてあげてもいいよ。
リィ　ふざけるな！　おまえこそ風切八尋を生み出した俺の仇だ!!

リィが日比野に襲い掛かる。
日比野を護る天内。

日比野　じゃあ仕方ないな。僕けっこうリィさん好きだったのに……

天内とリィの戦い。
リィは徐々に追い詰められていく。

日比野　兄弟揃って風切にやられるなんて不運だね。
リィ　……
日比野　さあ行け！　僕と君はゴールデンコンビだ!!

そこへ鰐塚とランディが飛び込んで来る。

日比野　な……

鰐塚　なにがゴールデンコンビだ！　友達を操るようなやつにコンビの資格はねえ!!

ランディ　おい、しっかりしろ天内！

日比野　バカな⁉　あいつらの能力は限界まで上げておいたのに⁉

ランディ　なら、拙者たちがそれ以上と言うことだ！

日比野　風切、こいつらを全員やっつけろ!!

リィ　させるか！

日比野に天内を操る隙を与えない。

日比野　僕は負けない……　絶対に負けないぞ!!

鰐塚　もやしっ子に何が出来る？

日比野　もやしっ子には、もやしっ子なりの戦い方があるんだよ……

日比野がクロマの聖石を掲げる。

日比野　君たちが戦うのは君たち自身だ！

一同　なに⁉

　　鰐塚の前にバナザットのまぼろしが現れる。

鰐塚　師匠……

　　ランディの前に赤影・青影・黄影のまぼろしが現れる。

ランディ　おめえたち……　休んでいろと言っただろ！

　　リィの前に兄のまぼろしが現れる。

リィ　兄貴！　兄貴なのか⁉

　　鰐塚もランディもリィもそれぞれの相手に苦しめられる。

天内　鰐塚！　ランディ！　リィ！　これはいったい？

日比野　やつらの回りにあるのは自分の中にあるトラウマやコンプレックスだ。脳を刺激して一気に解放してあげたのさ！　このまま続ければ奴らの精神はやがて崩壊する‼

天内　おまえそんな事まで……

日比野　クロマの聖石が僕に力を与えてくれてるみたい。なんだか体の底から力が湧いて来るよ！
天内　よせ、こんなこと！
日比野　じゃあ、風切八尋になって僕の復讐を手伝ってよ。
天内　……いやだ……　俺はもう……　人殺しになんかなりたくない!!
日比野　風切の力は、君が望んで手に入れたものなんだよ！
天内　え？
日比野　やだな、それも忘れちゃった？
天内　……
日比野　力を欲しがっていた君は、進んで風切の実験に立候補したんだ。
天内　俺が？
日比野　そう！
天内　でも……　でも違う！　俺が欲しかったのはこんな力なんかじゃない!!　ただ……
日比野　実験体の分際でなに偉そうなこと言ってるの？　君のボスが誰なのか、少しお仕置きしてわからせてやったほうがいいみたいだね。

天内の前に白石が現れる。

天内　白石さん!?
日比野　君が手に入れたがっていた力さ!!

白石に苦しめられる天内。

日比野　はっはっはっは！

他の三人も限界を迎えている。

日比野　かわいそうだねぇ。見えないものを追い続けるってのもさ。

リィ　くそ……　やっぱり兄貴は……　兄貴は……

日比野　そろそろ限界かな、リィさんも？

そのとき現実の声が聞こえて来る。

謎の男　最後まで諦めるな！

幻覚の中から姿を現す謎の男。

リィ　おまえは……

謎の男　本当の宝は、最後まで諦めなかった奴が手に入れる。そう教えたはずだぞ！

幻覚を打ち破る謎の男。

日比野　なんだと⁉

リィ　兄貴⁉　兄貴なのか？

天内　リィの兄貴……

日比野　そうか……　どっかで見たことあると思ったら、あんたも生きてたんだ！

謎の男　そうだ。俺もおまえと同じ、死の淵から蘇ったくちさ。さっきは油断したが、今度はそうはいかんぞ。

日比野　なら、改めて殺してやるよ。行け風切‼

天内の脳に干渉する日比野。

苦しむ天内。

日比野　僕が作った最高傑作！　もっと力を見せてくれ……

天内　うう……

日比野　感じるだろ？　体の奥底から湧き出る破壊の衝動を‼

暴れ出す天内。

日比野　その力を思う存分使え、風切八尋‼

その強さに手も足も出ない一同。

天内　俺は……　俺は……
謎の男　あの時と同じだ。
リィ　え？
謎の男　この状態になると手が付けられん。

銃を取り出す。

リィ　なにしてんだ兄貴⁉
謎の男　いざとなったら天内を殺せと命ぜられている。
リィ　待ってくれ！　あいつは風切じゃないんだ。天内凛なんだ！
ランディ　そうだ！　今は操られているだけだ‼　こやつは拙者の命を救ってくれた男。むやみに人を傷付けるような……
天内　うおぉ！

天内にふっ飛ばされるランディ。

謎の男　その力もまた、天内の中に眠る本当の力。この力を自分でコントロール出来ないようでは天内に未来はない！

リィを突き飛ばし銃を構える。
その前に飛び出す鰐塚。

鰐塚 こら！　いつまでもやしっ子と遊んでやがる!!　俺とおまえは新たな冒険に出掛けるんじゃねーのかよ！　ワクワクドキドキの大冒険によ!!

鰐塚が天内にしがみ付く。

鰐塚 忘れるんじゃねえ！　俺とおまえの約束を!!

手作りのライセンスカードを天内に見せる。

天内 ……鰐……塚……

風切を振り払おうとする天内。

日比野 よそ見してんじゃないよ！

天内に強い脳波を送る日比野。

天内　うわぁ～!!

鰐塚を弾き飛ばす天内。

日比野　そうだ、それでいいんだ！　それでこそ僕らはゴールデンコンビだ！

天内が日比野に摑み掛かる。

日比野　うっ！

天内　俺は……　俺は……

日比野　落ち着け風切！　敵はあいつらだ!!

天内　俺は～　天内凛だ!!

日比野に強烈な一撃をくらわす天内。

倒れる日比野。

天内　……

鰐塚　凛ちゃん！

リィ　天内。

謎の男　勝ったのか……　自分自身に？
ランディ　それでこそ拙者の見込んだ男、天内凛だ！
日比野　違う!!

立ち上がって来る日比野。

日比野　君は風切……　風切八尋だ!!

クロマの聖石を天に翳す日比野。
が、苦しみ出すのは日比野自身である。

日比野　うう～　うわぁ～!!
鰐塚　おい、こいつどうしちまったんだ？
ランディ　なんだか様子がおかしいぞ？
謎の男　まずい！　クロマの聖石がオーバードライブを起こし奴の体に負担を掛けている。あのままでは奴の体は……
天内　日比野！　その石を離せ～!!
日比野　嫌だ!!　僕はこの力で復讐を……　うわぁ!!

限界を迎えている日比野。

天内　よせ！

天内が強引にクロマの聖石を奪う。

天内　うぉ～!!

そのままクロマの聖石を叩き割る。

鰐塚　おまえ、なんて事を!?

辺り一面から轟音が鳴り響く。

ランディ　なんだ？

今度は地面が揺れ出す。

リィ　地震だ！

鰐塚　遺跡が崩れるぞ!!

謎の男　クロマの聖石の力が地脈に影響したのかもしれん。

リィ　一難去ってまた一難か……

ランディ　逃げるぞ！

天内　おい日比野、逃げるぞ!!

日比野を抱える天内。

リィ　なにやってんだ天内！

天内　こいつを置いてくわけにはいかないだろ！　一番の犠牲者なんだ。

日比野　僕を担いでたら逃げ遅れるよ！

天内　なに言ってんだよ！　俺たち、ゴールデンコンビだろ!!

日比野　……

鰐塚　急げ！

残った力を振り絞り日比野を抱えて逃げ出す。

リィ　逃げ道がない……

謎の男　諦めるな！　走れ!!

ランディ　走れって、どこへ!?

辺りが激しく崩れ始める。

動けなくなる一同。

鰐塚　ああ、壁が〜!!

飲み込まれていく一同。

【シーン 15】

バナザットが隙間から出て来る。
続いて鰐塚が出て来る。

鰐塚　ぶはぁ～

外に出られたことを確認する鰐塚。

鰐塚　いやぁ、ありがとうございます！　師匠がいなかったら、俺間違いなく死んでましたよ。まさかあんなとこに抜け道があったとは……　けど、なんで俺を？

ゼスチャーを始めるバナザット。

鰐塚　おまえは、俺に勝った、すごいやつ……　だから、助けた……　師匠!!　俺のこと認めてくれたんですね！　ありがとうございます!!

続いてランディが出て来る。

ランディ　ゲホ、ゲホ……　もう煙い!!

そこへやって来る赤影・青影・黄影。

赤青黄　ランディ様!!

ランディ　きゃぁ〜!!

赤影　きゃぁ〜って何ですか!?

ランディ　おめえたち……　正真正銘のおめえたちだな?

赤影　なにをいきなり?　我々は正真正銘の我々です!

青影　我々です!

黄影　我々です!

ランディ　おめえたちだ〜!!

抱き合うランディたち。

次に謎の男とリィが出て来る。

謎の男　大丈夫か?

リィ　ああ……　でも、どうして兄貴が?

謎の男　あの事件のあと、俺はブライアント社の最先端技術で一命を取り留めたんだ。今はその恩返しのつもりでブライアント社の裏の人間として白石の補佐をしている。
リィ　なんで連絡してくれなかったんだ！　俺、必死だったんだ！　兄貴がやられたと思って仇を討とうと、ずっと……
謎の男　悪かった。風切の事件の封印と共に、秘密を知る俺はブライアント社の完全な管理下に置かれたんだ。それで外部となかなか連絡が取れなかったんだ。
白石　その割には勝手なことばかりしてくれたがな。

白石が現れる。

白石　助かったようだな。
謎の男　なんとかな。あんたの方は大丈夫か？
白石　まあな。今回は散々な目に遭ったけどぉ！

みんなを見る白石。

ランディ　堪忍でござる。あれは勘違いでござる。
鰐塚　そうだよ！　あれは凛ちゃんが悪いんだよ、凛ちゃんが!!
白石　ところで、その天内君は？

天内の声が遠くから響いて来る。

天内　（声）おーい、誰か〜!!　手を貸してくれ〜!!

手伝う一同。
天内と日比野が出て来る。

天内　たく……　重いんだよ、おまえは！
白石　無事だったようだね、天内君。
天内　白石さん⁉　……ごめんなさい、俺勘違いして……
白石　いいんだよ、済んだ事は。それよりクロマの聖石は？
天内　それが……
謎の男　そいつがぶち壊した！
天内　う……
謎の男　風切の記憶と共にな。
白石　どういうことだ？
謎の男　天内は、風切の記憶と力を取り戻したんだ。だが、その悪魔の力に翻弄されることなく、クロマの聖石に狂わされた日比野を助けた。自分の中に眠る本当の力で！
天内　……
謎の男　ブライアント社を脅かす風切八尋は、人の心を狂わせるクロマの聖石と共に消滅した。俺

天内　たちが躍起になって秘密を守ることもないだろう。
謎の男　おまえを死にそうな目に遭わせた俺を……　風切である俺を許してくれるのか？
天内　許すも何も、俺とおまえは初対面だ。
謎の男　え？
天内　だっておまえは天内凛！　だろ？
白石　……
天内　しかし困ったな。宝は消えた。天内君の秘密は知られた。僕は手に入れるものより失うものばかりだ……
天内　そんなことないですよ！　宝ならここに……

日比野を見る天内。

天内　こいつは優秀な人材です！　間違った方向に導かなければ、今度こそ会社に莫大な利益をもたらしてくれるはずです。
日比野　そんな勝手に！
天内　復讐にあれだけのエネルギーを使えるおまえなんだから、やり直すことだってきっと出来る！　ゴールデンコンビの俺が保証するよ!!
日比野　……
白石　なんか知らない間に一件落着って感じだけど、詳しいことは社の方でゆっくり……
天内　あ、あの！　そのことなんですけど……

白石　ん？
天内　俺……　ブライアント社には戻りません。
白石　え？
天内　今回の一件を通してわかったんです。宝探しって、宝を探しているそのときこそが一番楽しいんだってことに。宝があるかないかは、結局はおまけでしかないんです。どんな宝が待っているのかドキドキワクワクしながらいろんな場所を駆け回って！　もちろん危険はいっぱいありますけど、そのぶん新しい発見もいっぱいあって……　そして、いろんな人と巡り合って!!

白石　……
天内　でも、ブライアント社にいたら、そういう気持ちが味わえない……
鰐塚　気付くのがおせーんだよ！
白石　もう大丈夫みたいだね。ならわかった。君は自分の信じた道を進みなさい。
天内　……
白石　でも、次に会うときはライバルだよ！
天内　はい！
白石　行こうか！

白石は日比野を促す。

ランディ　では拙者たちも！

赤青黄　は！

ランディ　天内！　おぬしのような男気のある奴に会えて拙者は満足だ。またいずれ真剣勝負が出来ることを願っている。それまでに変化の術をしっかりと磨いておけ！

天内　モノマネ勝負かよ！

ランディ　モノマネではない、変化だ！

ランディたちは去って行く。

謎の男　じゃあな！

リィ　兄貴……

謎の男　おまえももう立派なトレジャーハンターだ。俺がいなくても十分やっていける。

頷く天内と鰐塚。

謎の男　おまえもそろそろ良い仲間を見つけたらどうだ？

天内　だな！

謎の男も去って行く。

鰐塚　俺はしばらくここに残るわ！

天内　え？
鰐塚　いや、俺の強さがえらく気に入っちゃったみたいでさ。

鰐塚の回りに近づいて来る原住民たち。

鰐塚　一族の長になってくれってうるさいんだよ。
天内　また一緒に冒険するんじゃなかったのかよ‼
鰐塚　どっか出掛けるときは連絡くれよ。すぐ飛んで行くから！　じゃあな‼
天内　おい、待てって！

原住民と共に行ってしまう鰐塚。

天内　ほんと勝手なやつだな……
リイ　仲間か……
天内　ん？
リイ　しかし良かったのか、せっかくの宝を？
天内　ああ。
リイ　今回の宝は、ランクを賭けた大切な宝だったんじゃないのか？
天内　まーな。けど、いいんだ、もう！
リイ　え？

天内　宝なら……　手に入れたから。
リィ　は？
　天内が大きな声でみんなに声を掛ける。
天内　おーい、みんなぁ～!!　まーたな～!!
　大きく手を振る天内。

――終

ワンダーボックス
WONDER BOX

登場人物

神堂敦志
リョウ
天内 凛
リィ・シンセイ
鰐塚鷹虎
ランディ
パク
ロン
チェン
ウォン・ウィリアム・チャンリエ
スペンサー

【シーン　1】

中国のとある場所。
天内と鰐塚が宝を求めてやって来る。

鰐塚　天内！　どうやらここみたいだぞ。
天内　おまえ、アマゾンで修行してるんじゃなかったのかよ。
鰐塚　ちょっと野暮用があってな。凛ちゃんが中国に宝探しに行くっていうから丁度いいと思ってよ。
天内　野暮用って何？
鰐塚　くだらない事だよ。
天内　くだらない事で中国までやって来たの？
鰐塚　どうだっていいだろ！　それより宝だ。この辺りのはずだぞ！
天内　んな事は言われなくてもわかってるよ。ん！　おい、あれ見ろよ！

宝に近づいて行く二人。

鰐塚　おお、こいつがロメイの宝剣か。ワイルドだぜ。
天内　これでしばらく贅沢が出来そうだな。

天内が宝に手を掛けようとした瞬間、銃弾が飛んで来る。

天内　うお、あぶねぇ！

神堂敦志が現れる。
その手には銃が握られている。

神堂　それ、持ってかれるとまずいんだよね。
鰐塚　何だ？
神堂　どうも。
天内　おまえもトレジャーハンターか？
神堂　違う、違う！　俺は各地に眠る貴重な財宝や遺跡を護るトレジャーガード!!　要するに君らトレジャーハンターの天敵ってわけ。
鰐塚　……セコムの人？
神堂　違うわ！　今の話聞いてた？
天内　あんたが何者だろうと、これは俺たちが頂く。
神堂　おいおい、これがどれだけ貴重な物かわかってるのか？　このロメイの宝剣は、かの有名

天内　な……　なんだっけ？
神堂　アホだ、こいつアホだ！
鰐塚　うるさい！　俺はこいつを護って報酬を受け取って、ヒコーキで日本に帰るんだ！　何をゴチャゴチャ言ってやがる。俺の邪魔をするやつは誰であろうと許さん！　喰らえ、ワイルドパーンチ!!

鰐塚が襲い掛かると同時に銃を構える神堂。
即、両手を上げる鰐塚。

天内　なんだよ、それ！
鰐塚　だって鉄砲を持ってるんだよ。
天内　じゃあ最初っから引っ込んでろ！
神堂　痛い目に遭いたくなかったら諦めて帰れ。俺も無駄な労力を使いたくない。
天内　そうはいくか。宝を目の前にしてトレジャーハンターが引き返せるかよ。
神堂　じゃあ、しかたない！

神堂は銃をぶっ放す。
が、天内の防弾着が銃弾を通さない。

神堂　あら……　防弾か。用意周到だな。

天内　何があるかわからないからね。これくらいの用意はしておかないと。

神堂　あまいあまい。そんな事もあろうかと、こっちも用意があるんだよ。おいリョウ、対防弾用のウィンター弾だ。

天内　何⁉

空白の時が流れる。

神堂　あれ、リョウ君？　おいリョウ‼　ちょっと！　……あいつ、こんな大事な時にどこ行ったんだ？

天内　どうした？

神堂　ふん。おまえらなど、素手で十分だ！

天内　かわいそうな人なんだね。

鰐塚　よっしゃ！　肉弾戦なら俺の出番だぜ！

天内　よせ！　ここは俺に……

神堂　行くぞ！

戦う神堂と鰐塚。

神堂は鰐塚に敵わない。

天内　あいつよわっ‼

鰐塚　見たか、この俺様の強さを！　とどめだ!!　ワイルドチョォ～ップ！

神堂はロメイの宝剣を盾にする。
砕けるロメイの宝剣。

三人　あ～!!
天内　何やってんだ!!　ロメイの宝剣をぉ……
神堂　やっべ、また報酬を貰えないよ……
鰐塚　何が宝を護るだ！　自分で壊してんじゃねーか!!
神堂　しょうがない。悪いけど、これ持っててくれる。
天内　え、あ、ああ……

宝剣を握らされる天内。
写メを撮り文章を打ち始める神堂。

神堂　こ・い・つ・が・こ・わ・し・た……　と！
天内　はぁ!?　何言ってんの？
神堂　送信！
天内　ふざけやがって！

その時、遠くからリョウの声が聞こえて来る。

鰐塚　おい天内、ここはワイルドに引き下がった方がいい。
天内　く……　おまえ、名は？
神堂　神堂だ。トレジャーガードの神堂敦志。覚えとけ!!
鰐塚　いくぞ！
天内　ああ。

折れた宝剣を持ちながら逃げる天内と鰐塚。
ポツンと残される神堂の前に現れるリョウ。

リョウ　おい、神堂！
神堂　どこをほっつき歩いてたんだ？
リョウ　見ろよ、これ！
神堂　ショウロンポウだ。美味そう!!
リョウ　そこで安売りしてたから並んで買ったんだ。
神堂　さすがリョウ、目ざといな！
リョウ　だろ！　おまえショウロンポウ好きじゃん。今回の依頼をこなせば中国ともおさらばだからな。前祝だと思って全財産を叩いて……

宝剣が無いことに気付くリョウ。

リョウ　宝剣は？

神堂　そこ。

折れた剣を手に取るリョウ。

リョウ　これは、何？

神堂　ロメイの宝剣　……の残骸。

リョウ　てめえは何やってんだ!!　バカ、アホ！　これじゃ報酬貰えないだろ！　ああ〜、久しぶりに仕事が回って来たのにぃ〜　どうすんだよ！

神堂　リョウが弾丸を補給しないからだ！

リョウ　もう日本に帰るどころじゃない。これからどうやって生活していくんだ？　お先真っ暗じゃねーか……

神堂　若い内の苦労は買ってでもしろって言うだろ。

リョウ　買う金がどこにある!!　俺たちは無一文なんだよ。

神堂　落ち着けって！　とりあえず、ショウロンポウでも食べながら対策を練ろう。

ショウロンポウにかぶりつく神堂。

リョウ　こら！　それはすでに命綱になってんだ。むやみに食べるな！

奪い合いになり、すべて地面に落としてしまう。

神・リョ　キャアアアアアアアア〜

気絶する二人。

【シーン　2】

神堂とリョウが腹を空かせて座っている。
その横に『大切な宝、護ります』の看板。

リョウ　中国に来て、もう何日になる？

神堂　たぶん四・五ヶ月くらい経つんじゃん。

リョウ　まったく、依頼を受けて意気揚々と中国にやって来たのはいいけど、見事に失敗して、帰りのチケット代もなくなって、ここでその日暮らしの生活を送るはめになるとは思わなかったよ！

神堂　リョウが金を残しておかなかったから悪いんだろ。

リョウ　神堂が依頼を失敗するとは思わなかったんだよ！　しかも、久しぶりに回ってきた起死回生の仕事も失敗しやがって!!

神堂　おまえが弾丸を補給しないからだろ！　だいたいリローダーが戦闘の時にいなくてどうする。おかげで俺の登場シーンが台無しだよ。しかも鰐塚とか言う素肌にベストを着た奴にやられたんだぞ。もうありえないファッションだったから!!

リョウ　どーでもいいわ、そんなこと。

神堂　え、何で⁉　素肌に革のベストだよ。おかしいでしょ⁉
リョウ　ほっとけそんなの‼　鰐塚君の自由だ！　そんな事より、これで長期滞在決定だよ。ガックリだなぁ。

肩を落とすリョウ。

神堂　じゃあさ、思い切って中国に帰化する？
リョウ　しねーよ！　どういう思い切り方だよ！
神堂　ねえ、ショウロンポウ食いたくない？
リョウ　買う金なんかねーぞ。
神堂　……その辺に野豚でも歩いてねえかなぁ。
リョウ　そしたら豚の生姜焼き……
神堂　豚足食いてぇ。
リョウ　足かよ！　せっかくなんだから胴体食え！　しかも豚足ってちょっと中国人っぽいから。
神堂　そんなことないあるよ。
リョウ　そんなことあるだろ‼　しかもインチキ中国人。
神堂　いいこと思いついた！
リョウ　何だよ、急に？
神堂　バイトしよう！
リョウ　バイト？

神堂　バイトして金を稼ぐあるよ！

リョウ　帰る気ないだろ！

神堂　そしたらショウロンポウもいっぱい買えるし！

リョウ　何でそんなにショウロンポウに固執してるわけ？

神堂　ここに来て金を使い果たして、ひもじくて死にそうになったろ。

リョウ　ああ。

神堂　そんな時、ホームレスに間違われてショウロンポウ恵んで貰ったじゃん。

リョウ　間違われたというか、正真正銘のホームレスだけどな。

神堂　その時のショウロンポウがムチャクチャ美味くてな。それで大好きになったんだ。

リョウ　死ぬほど腹が減った時に食べたならそりゃ美味く……　って、何それ？

神堂　ああ、あん時おまえいなかったな。

リョウ　一人で食べたの？

神堂　食べたよ。全部。美味しかった。

リョウ　殺してやる！　今すぐ殺してやる!!

神堂　だからバイトしよう！　な！

リョウ　そうだ。ダンスとかやれよ！

神堂　えっ!?

リョウ　おまえ意外と向いてるかも。微妙にアイドル顔だし。

神堂　微妙かよ！

リョウ　そしたらチャリーンってしてくれるかも!?

神堂　ええ〜
リョウ　よし、シュミレーションだ！　音楽スタート！

音楽が掛かる。
バックダンサーが現れる。

神堂　何だこいつらっ⁉

乗せられて踊る神堂。
フィニッシュを決める。

神堂　すっげー疲れる……
リョウ　ダンスユニットは諦めろ！　年齢的に無理がある。
神堂　おまえがやれって言ったんだろ‼　つーか、今のダンサー達は何だ？
ウォン　私の部下達です。

ウォンと部下達が現れる。

リョウ　どちら様？
ウォン　私はワールド・アシスタント・オブ・ナチュラル・インコンプリヘンシビリティのウォン

神堂　と言う者です。
リョウ　え？　ワールド・プリティ？
ウォン　全然違うよ。
神堂　略して、W・A・N・Iでいいですよ。
ウォン　何それ？
神堂　まあ、世界に散りばめられた貴重な遺跡や文化遺産を保護する財団ですよ。
ウォン　へぇ。で、何か用？
リョウ　何か用って、あなた方はトレジャーガードさんなんですよね？
ウォン　ということは……
リョウ　依頼です。
神堂　おお！　依頼だぞ神堂。先ほどはくだらないダンスをお見せしてしまって失礼しました。
ウォン　そういう事を言うな。リアルに凹むから。
　　　　構いませんよ。私は余興が大好きな人間ですから。

ウォンが部下を従えてダンスを披露する。

神堂　……こいつ大丈夫か？
リョウ　で、依頼というのは？
ウォン　その前にあなた方の実力を知りたい。
神堂　おいリョウ！

リョウを撃ち抜く神堂。

ウォン 何を!?

リョウ 相変わらず無茶しやがって、1ミリずれても俺死んでるぞ。

胸の鉄製のボタンにめり込んでいる銃弾。

ウォン すごい腕前だ。これなら任せられる。

リョウ では、正式に依頼を……

ウォン お願いしましょう!

リョウ よっしゃ~!!

神堂 で、内容は?

ウォン 実は先日、ロメイの宝剣を巡った争いがありまして、その際、宝剣は折られてしまいました。

動揺するリョウ。

リョウ ははは……　そうですか。僕らに護らせてもらえれば、そんな事にはならなかったのに。なあ、神堂!

神堂　え、ああ。ははは……

ウォン　元々そのロメイの宝剣は別の保護団体の管理下にあったのですが、この一件で我々に任される事になったんです。そしたら、その折れた剣の中からプレートが出てきたんですよ。

神堂　プレート？

ウォン　ええ。驚いた事に、そのプレートには始皇帝がずっと追い求めていた究極の秘宝への手掛かりが示されていたのです。

神堂　始皇帝の究極の秘宝⁉　何だ、そりゃ？

ウォン　彼が人生を賭けて探し求めていた物。

リョウ　不老不死の仙薬だ。

神堂　不老不死⁉

ウォン　信じられませんか？

神堂　いくらなんでも……　なぁ。

ウォン　私も信じられません。

神堂　え？

ウォン　不老不死なんて信じられるものではありません。しかし、不老不死とまではいかないまでも、重要な文化遺産が眠ってるとは思えませんか？

リョウ　確かに。

ウォン　それに万が一、不老不死の仙薬など出てきてしまったら世界崩壊の危機にもなりかねない。その時は私達で破棄しなければなりません。

リョウ　なるほど。では依頼ってのはプレートを護るって事でよろしいですか？

ウォン　はい。それと、もう半分のプレートの奪還です。
神堂　半分？
ウォン　はい。私たちの手元に届いたのはプレートの半分だけなんです。
リョウ　もう半分は？
ウォン　おそらく柄の部分に。
神堂　じゃあ、あのトレジャーハンター達が持ってるんだ。
ウォン　なぜそれを？
リョウ　あははは、噂で聞いたんです！　職業柄、そういう情報は良く耳に入ってくるんで……
ウォン　そうでしたか。
　（小声で神堂に）てめえ一遍死ぬか!!
神堂　まあプレートを護る事に関しては何の問題もねーけど、奪還ってのは俺らの領分じゃねーな。
リョウ　引き受けないと飢え死にだ。
神堂　その依頼引き受けよう。
ウォン　それは良かった。まあ、あなた方は宝を護るのがお仕事。奪還には向いていないと思いまして、こちらで助っ人を頼んでおきました。
リョウ　助っ人？

ポップな音楽が流れ出す。

神堂　な、なんだ？

ファンキーに踊りながら登場するランディ。

神堂　変なの出て来たっ!!

フィニッシュのポーズを決める。

ランディ　決まったな！
リョウ　あなたは？
ランディ　拙者はウォン殿からプレート奪還の依頼を受けた忍者だ。
リョウ　に、に、に、忍者!?　ムチャクチャだな……
ランディ　何が？
リョウ　何がって、ツッコミたいとこだらけだけど、とりあえず何で踊りながらの登場なの？
ランディ　ウォン殿が余興が好きなようなので、サービスでござる。
リョウ　サービスって、そんな忍者聞いたことないぞ!?
神堂　すっげー!!　最近の忍者ってこんななんだ。
リョウ　違うから！
ランディ　拙者は忍者界に革命を起こす男でござる。
リョウ　革命？

ランディ　そうだ。忍者は地味だとか影だとか忍ぶみたいな、そんなマイナーなイメージを払拭《ふっしょく》し、忍者は派手でカッコ良くて世界のヒーローだと言われるような、忍者新時代を作り上げてみせる。

リョウ　もう忍者やめろよ！

神堂　イカす！

リョウ　乗るなっ!!

ランディ　おぬしらとは共同戦線を張る事になる。名は？

神堂　神堂だ。

ランディ　そうか。拙者の名はランディ。よろしくな！

リョウ　ランディ!?　日本人じゃねーのかよ！

ランディ　コードネームに決まってるだろ。頭の悪い奴だ。

リョウ　おまえにだけは言われたくないわ。

睨み合うリョウとランディ。

ウォン　まあまあ、仲良く！　仲良くですよ!!

プレートを渡される神堂。

ウォン　それが二枚になったら知らせてください。その時、伝説の秘宝への扉が開かれるはずです。

よろしくお願いしますね。

去って行くウォン。

リョウ 良かったな。あんなドジを踏んでおいて依頼があった。
神堂 そのお陰でプレートが見つかったんだから、謝礼を貰いたいくらいだ。

プレートを眺める神堂。

神堂 お！　これは!!
リョウ どうした？
神堂 角に小さな穴が空いてる。
リョウ 穴？

神堂はペンダントをプレートに付け始める。

リョウ おい、何してんだよ？

プレートを首から下げる神堂。

神堂　どうだ。これで落っことさないぞ！
リョウ　子供かっ!!　おまえこれがどれだけ貴重な物か理解してるんだろうな！
神堂　何を言う！　このペンダントももの凄く大切な物なんだぞ。下手したらこっちのが六・四で大事だ。
リョウ　なんでこのペンダントがそんなに大事なんだ？
神堂　聞いて驚け！　これは今をトキメク中国のスーパーアイドル、レイファンちゃんのオリジナルデザインペンダントなんだ。しかも限定二〇個で超レアなんだぜ。応募して当たったあるよ。
リョウ　マジ日本に帰る気あんのか？
神堂　しかも、温度が上がると曲が流れるんだ。

神堂は吐息をかけペンダントを温める。
するとレイファンの歌が流れ始める。

神堂　すっげーだろ！
リョウ　どうでもいいわそんなの。しかも、歌下手じゃねぇ？
神堂　アイドルは可愛けりゃいいの。下手なのは愛嬌だ。
リョウ　わかったから、もう止めろ！
神堂　ワンコーラス終わるまで止まんねぇ。
リョウ　めんどくせえ！

ランディ　まったく、どうしょうもないのと組まされてしまったようでござるな。
神堂　そりゃ、おまえだろ！　足を引っ張るなよ。
ランディ　おぬしらより拙者の方が遥かに格上でござるよ。
神堂　どうやら上下関係をはっきりさせた方が良さそうだな。
ランディ　望むところだ！
神堂　最近俺を知らない奴が増えたよな。まあいい。今ここでわからせてやる。この世には絶対的な力を持った……

ランディの一撃が決まる。

リョウ　え～!!
ランディ　安心しろ。みねうちでござる。
リョウ　何やってんだ！
神堂　こいつ、不意打ちとは卑怯なり！
ランディ　おぬし、能書きが多い。
神堂　もうあったまきた！　本気出しちゃお。おい、リョウ！

リョウはタイプの違う銃を二丁渡す。

神堂　いくぜ！

戦う神堂とランディ。
しかし銃に弾は装填されていない。

神堂　あれ？　弾が入ってない……

ランディの攻撃を間一髪かわす神堂。

神堂　ちょっと、リョウ君？
リョウ　経費削減だ。無駄な弾は使えない。
神堂　えぇ～
ランディ　さっきの威勢はどうした！
神堂　なあ、飲みに行かねえか！　おまえ不細工だから飲むの好きだろ？
ランディ　ああ、そうだな。拙者不細工だから昼からでもガンガン……　って、酒好きと不細工は関係ないよ！　……というか、不細工じゃないよ!!

神堂がランディの顔をじっと見る。

神堂　諦めろ。
ランディ　殺してやる！　今すぐここで手打ちにしてやる!!

リョウ　まあまあ、ここは仲良くしましょう。僕たちはあなたの手下ということでいいですから。
神堂　何⁉　何で俺がこんな……
リョウ　（小声で）こんなとこで小競り合いしたってしょうがないだろ。それに、こういうアホは煽てて使うのが一番だ。上手く扱えば面倒な事を押し付けられるだろ。
神堂　おまえ、狡猾《こうかつ》だな……
ランディ　何をコソコソ話しておる。
リョウ　いや、隊長よろしくお願いします。
神堂　お願いします！
ランディ　そうか。ならばおぬしらは今から拙者の部下だ。もう半分のプレート奪還のためしっかり働くでござるよ。緑影！
神堂　緑影って？
ランディ　おぬしの名でござる。
神堂　何で名前付けられてんのっ⁉
ランディ　拙者の部下は皆コードネームで呼ばれる。
神堂　だったら赤影とか青影にしてくれよ！
ランディ　残念だがその色はもういるのだ。今回は依頼料の問題で連れて来ていないだけでござる。
リョウ　まあいいじゃねーか、何影だって。
ランディ　で、おぬしが薄緑影。
リョウ　薄緑はやめて！　お願いだから薄めないで。
神堂　薄めなきゃ緑影で俺とカブるだろ！

リョウ　そういうことじゃねえ！　違う色にしろって言ってんだよ。
ランディ　ねえ、薄緑影、なんか面白いことやって。
リョウ　なんで⁉
ランディ　なんとなく。
リョウ　なんとなくって、なんで？
神堂　隊長がやれって言ってんだからやれよ。
リョウ　なんで⁉
ランディ　で、緑影は肩揉んで。
神堂　何で⁉
リョウ　隊長が揉んでって言ってるんだから揉んだ方がいいんじゃないか。
神堂　揉むよ。おまえが面白い事やってる間ね！
リョウ　なんで⁉

神堂はランディの肩を揉む。

神堂　さあ早く！
リョウ　く……

リョウの一発ネタ。

ランディ　（リアクション）
神堂　（リアクション）
リョウ　ちょっと神堂……
神堂　下がれ、薄緑影！
リョウ　おまえが言うな!!
神堂　で、隊長、どうやってあいつらを捜すんでありますか？
ランディ　捜す必要など無かろう。相手はトレジャーハンターだ。向こうが血眼になって拙者たちを捜しているでござる。
神堂　確か、天内と鰐塚とか言ってたな。
ランディ　天内と鰐塚！　そうか、あやつらが……
神堂　知ってるのか？
ランディ　このまえやり合ったばかりでござる。もうこうして相対することが出来るとは。これは楽しみでござるな。
神堂　ふ〜ん。

そこに優雅な歌声が響いてくる。

ランディ　ん、なんだ、この変に美しい歌声は？
リョウ　これって……
神堂　間違いない、あいつだ！

手にマイクを持ち登場してくるスペンサー。

♪スペンサー　スペンサー
天使もおびえる　その響き
薔薇色の頬も凍りつく
泣いてもだめ　許してあげない
濡れた瞳に映る僕は
今日も震えるほど
残酷かい

スペンサー

スペンサーはアクティブアーマーを装着している。

スペンサー　久しぶりに会ったと思えば、君たち何をやっているんだい？
神堂　おまえこそ何の用だ？　サスペンダー!!
ランディ　サスペンダー？
スペンサー　ふふふふ……　スペンサーっつってんじゃん!!
リョウ　面倒な奴が現れたな。

スペンサー　その胸に掛かっているプレートを渡してもらおうか。
神堂　さすがに情報が早いな。おまえもこれが狙いか。
スペンサー　それが仕事だから。
リョウ　隊長！　今こそ僕たちに隊長の強さを見せて下さい。
ランディ　任せるでござる！　こんな色物あっという間に片付けてやるでござるよ。

ランディがスペンサーに相対する。

神堂　あのアホ忍者がスペンサーに勝てるわけないだろ。
リョウ　奴は囮だ。スペンサーが奴に気を取られている内に神堂が狙撃する。
神堂　おまえ悪魔だな……
ランディ　いくぞ、スペンサーとやら！

ランディがスペンサーに襲い掛かる。
スペンサーはマイクを武器に歌いながら戦っている。

スペンサー　なかなかやる。
神堂　隊長、援護するぜ！

リョウから新たに銃弾を受け取った神堂がぶっ放す。

倒れるランディ。

神堂　あ、いけねっ！
リョウ　何やってんだ!!
神堂　だって、あいつスペンサーとかぶるんだもん。
リョウ　じゃあ撃つな！
神堂　まあ衝撃弾だから命に別状はないだろ。
リョウ　悪魔はおまえだ。
スペンサー　腕が鈍ってるんじゃないの？　そんなんじゃ、僕に殺されちゃうよぉ。
神堂　おいおい、俺がおまえに負けるわけないだろ。
スペンサー　この最新型のアクティブアーマーを試すには丁度良い相手だ。
神堂　何か勘違いしてないか？　俺の仕事はおまえと戦う事じゃない。このプレートを護る事だ。
スペンサー　どうやって護るの？
リョウ　おい神堂、まさか……
神堂　逃げるっ!!

神堂は一目散に駆け出す。

リョウ　こら、置いてくな！

リョウも逃げて行く。
と同時にランディが起き上がる。

ランディ　緑影！　おぬしは何を……

スペンサーと目が合うランディ。

ランディ　あれ……　拙者の部下たちは？
スペンサー　逃げたよ。
ランディ　……なるほど。では仕方ない。本意ではないが、ここは拙者も……　忍法隠れ身の術！

ランディは懐から布を取り出し隠れる。
が、柄がまったく背景に溶け込んでいない。
しかも、布が小さくて顔しか隠れていない。

スペンサー　……

スペンサーは意気揚々と歌いながら神堂とリョウを追って行く。
そこへやって来る天内と鰐塚。

天内　あの神堂とかいうの、どこに行ったんだ？

鰐塚　おい、本当にそのプレートが宝の在り処を示してるのか？

天内　間違いない。

鰐塚　何でそう言い切れる？

天内　トレジャーハンターとしての勘だ。

鰐塚　いい加減だな。

天内　普通、こんなの出てくれれば宝へ辿り着くための手掛かりだって思うだろ。しかもロメイの宝剣の中に隠されてたんだぜ。きっと、ものすごい宝だぞ！

鰐塚　なるほどねぇ。

天内　なんとしても、もう半分も手に入れて解読しねーと。ワクワクするなぁ！

鰐塚　宝探しはロマンだからな。何が飛び出すかお楽しみっつーわけだ。

変な布に気付く鰐塚。

鰐塚　ん……？

天内　にしても神堂って、どっかで聞いた事あるような……

鰐塚は布から出てるランディの体に気付く。

鰐塚　！

天内　どこだっけなぁ？
鰐塚　おい、天内！
天内　う〜ん、気になる……
鰐塚　おい、天内!!
天内　何だよ！　今考え……　ん？
鰐塚　これ何だ？
天内　嫌な予感がするな。
鰐塚　ああ。

天内がゆっくり布を捲るとランディーの顔が見える。
またゆっくり元に戻す。

天内　行こうか。
鰐塚　そうだな。

ランディが飛び出して来る。

ランディ　天内に鰐塚〜!!　久しぶりに会えて嬉しいでござるよ!!

二人に抱きつくランディ。

ランディ　元気にしてたか？　元気にしてたか？

鰐塚　離れろってんだよ。このアホ忍者が！

ランディ　相変わらず間抜けそうな顔をしておるな。

鰐塚　そりゃおまえだ。変な格好であっちこっちに現れるな。日本人がアホに思われるだろ。

ランディ　何を言う。ヒーローそのものではないか！

天内　んなことより、何でランディがこんな所にいるんだよ？

ランディ　それが、天内と鰐塚に奪われたプレートをぉ〜!!

咄嗟《とっさ》に二人から離れるランディ。

ランディ　あぶない！　危うく仲良くしてしまうところだった。

天内　何なんだよっ!?

鰐塚　絡みづらいにも程があるぞ！

ランディ　おぬしらの持っているプレートを渡すでござるよ！

天内　何でおまえが？

ランディ　依頼されたのだ。そのプレートを奪うようにな。

天内　神堂にか？

ランディ　おぬしらには関係のないこと。とにかくそのプレートを渡すでござる。

天内　結局おまえとはやり合うことになるんだな。

ランディ　そういうことでござる。

鰐塚　ワイルドにぶっ飛ばしてやる。

天内　よし！　じゃあ、ここは鰐塚に任せた！

鰐塚　おう！

天内は去って行く。

ランディ　……

鰐塚　さあ、掛かって来い！

ランディは鰐塚を無視して天内を追う。

鰐塚　……

寂しく二人を追う鰐塚。

【シーン　3】

音楽に合わせてリィが現れる。
青竜刀を手に剣舞を見せる。
リィの弟子達が加わり大剣舞になる。

チェン　さすがリィ先生。素晴らしい舞ですね。
パク　いつ見ても感動です。
ロン　僕もいつか先生のようになるぞ！
リィ　よせ。俺もまだまだ未熟だ。
ロン　そんな事ありません。少しでもリィ先生に近づけるように、僕たちも頑張らないと。
リィ　俺に近づいたら、ろくな人間にならないぞ。それと先生はやめろ。
チェン　何を言ってるんですか。僕らの先生じゃないですか！　やっと帰って来てくれたんですから。
リィ　弟子を取った覚えは無い。俺はひとりが性に合ってるんだ。
チェン　そんなこと言わないで下さいよ。
ロン　僕たちは先生に何と言われようと、先生に付いて行きます。

リィ　困ったものだ……

休憩に入る一同。
リィに飲み物を渡したりタオルを渡したりしている。

パク　そう言えば、始皇帝の伝説の秘宝の在り処を示したプレートが見つかったという話、ご存じですか？
リィ　何だと⁉　それは本当か？
パク　はい。僕の知り合いがW・A・N・Iで働いてまして、彼から聞いたので確かだと思います。
リィ　……だとしたら、俺も動かねばならないな。あの宝を世に出すわけにはいかない。そのプレートは今どこにある？
パク　トレジャーハンターとウォンが半分ずつ持ってるみたいです。
リィ　ウォン……　奴が動いているのか……

そこへやって来る神堂。
リィの飲み物を奪って飲む。

チェン　あ！　何をするんだ‼
神堂　ふ〜、助かった。サンキュー！

ロン　こいつ、先生の飲み物をっ!!
リィ　ずいぶん慌てているようだな。何かあったのか？
神堂　いやいや、それが変な奴に追われててさ。もうね、蛇みたいに気持ち悪〜い奴なんだよ。
　　　あれ、おまえは捨てられた柴犬みたいな顔してるね。
リィ　し、柴犬⁉
チェン　もう許さないぞ！
リィ　待て！
チェン　リィ先生。
リィ　血気に逸《はや》っては敵を増やすだけだ。
チェン　で、でも……
リィ　おまえ名は？
神堂　緑影。
リィ　緑影⁉　変った名前だな。
神堂　隊長が名付けてくれた。頭の悪い隊長なんだ。変にキラキラしてるし。
リィ　今、何かが頭をよぎった……
ロン　先生、こいつ怪しいですよ。
リィ　なぜ追われている？
神堂　人気者なんだ。
チェン　ふざけるな！
神堂　あんたは何をやってる人？

リィ　俺はトレジャーハンターだ。

息を飲む神堂。

リィ　どうかしたか？
神堂　いや、カッコ良いなぁって思って……
ロン　ランクAを誇る、最高のトレジャーハンターなんだぞ！
神堂　君たちは？
パク　先生の弟子のパク！
ロン　同じくロン！
チェン　そしてチェンだ！
神堂　名前あるんだ。ABCかと思った。
ロン　こいつ、俺たちをなめるにも程がある!!
神堂　冗談だよ。ところで、今何か狙ってる物とかあるの？
リィ　始皇帝の伝説の秘宝。最近発見されたらしい。
神堂　……そう。じゃあ、頑張って探してください！　僕はこれで……

神堂は去ろうとする。

リィ　おい、緑影！

神堂　何？
リィ　その胸に掛かっているのは何だ？
神堂　おお、これか‼　これはレイファンちゃんのオリジナルデザイン……
リィ　そっちじゃない！
神堂　あ、こっちね。これは始皇帝伝説の秘宝の手掛かりが示されたプレートだ。
リィ　……
神堂　バレちゃしょうがねえ‼
パク　先生、こいつアホです！
リィ　プレートを渡してもらおうか。
神堂　何でおまえに渡さなきゃいけないんだ。ほんとトレジャーハンターってのは横暴だね。
リィ　貴様とてトレジャーハンターだろう？
神堂　俺が？　冗談言うなって。俺はトレジャーハンター達から宝を護る者。トレジャーガードだ。
リィ　護るだと。何の為に？
神堂　ショウロンポウを買うためだ。あとヒコーキのチケット。
リィ　……意味がわからん。
神堂　こいつを護れば金を貰えるんだよ！
リィ　誰に？
神堂　言う必要はない。
リィ　ウォンか？

神堂　何でそれを？
リィ　護り切る自信はあるか？
神堂　当たり前だ！　この俺様を誰だと思ってるんだ？　俺は……
チェン　緑影だろう。
神堂　違う違う！　それは仮の名で、本当の……

リィの青竜刀が神堂を襲う。
銃で受け止める神堂。

リィ　ほぉ……
神堂　こいつ、捨てられた柴犬のくせに強いぞ。おい、リョウ……　って、またこのパターンなの……
リィ　どうした？
神堂　ザ・ワイドの時間だからそろそろ帰らないと！
リィ　ここは中国だ！

弟子達が神堂を取り囲む。

ロン　逃がすな！
神堂　「逃がすな！」だとっ‼　こいつら完全になめてやがるな。ランクSのトレジャーハンターさえ恐れさせてきたこの俺を！　いいだろう。見せてやるよ、この俺の強さを！　世の中には絶対的な力を持った人間がいるってことをきっちり教えてやるから、覚悟しろよ!!

と言いながら舞台袖にハケて行く神堂。

チェン　あ、逃げた！

ロン　追え！　絶対に逃がすな!!

チェンとロンが神堂を追って行く。

パク　さあ、先生！

リィ　追う必要はない。あいつならプレートを護り抜き、無事ウォンの手元に送り届けるだろう。

パク　え？

リィ　そんなことよりチェンとロンを止めて来い。怪我するぞ。

パク　何言ってるんですか！　あんな口先だけの奴に。

リィ　あながち嘘でもなさそうだ。

パク　とにかく、プレートを取り戻してきます！

パクも追って行く。

リィ　問題は、もう半分のプレートか。

天内と鰐塚が現れる。

鰐塚　おい、今逃げて行ったの神堂だったよな？
天内　あいつ逃げ足速いなぁ。
リィ　おまえ達⁉
天内　リィ！
鰐塚　リィじゃねーか‼
天内　そっか、おまえこっちに帰って来てたんだ。
鰐塚　こんな所で会えるなんて、こういうのを腐れ縁って言うんだろうな！
リィ　おまえ達、あの男と知り合いなのか？
鰐塚　神堂のことか⁉
リィ　神堂？
天内　あいつの持ってるお宝を狙っててな。
鰐塚　にしても、おまえ全然ワイルド値が上がってねーな。ちゃんと修行してたのか？　よしわかった！　俺がみっちりと鍛えてやる。ワイルド値がグーンと跳ね上がるぞ。
リィ　結構だ。そんな数値上げたくない。それより、おまえ達が持っているプレートを渡して貰うぞ。
天内　は？

リィ　何の因果か、もう半分のプレートを持っているトレジャーハンターというのがおまえ達だったとは。つくづく縁があるようだ。

天内がプレートを取り出す。

天内　リィもこいつを狙ってるんだ。
鰐塚　ということは、凛ちゃんの勘は当たってたようだな。
天内　だろ！
リィ　おまえらに宝を渡しはしない。
天内　そうこなくっちゃ！　久々にリィとお宝争奪戦か。いいねぇ！
リィ　冗談ではない。あれは秦の始皇帝でさえ恐れおののき、闇に葬った禁断の宝！　世に出そうというなら、おまえ達でも容赦はしない。
天内　始皇帝の禁断の宝っ⁉　うぉ〜、こりゃますます欲しくなってきたっ‼　トレジャーハンターの血が騒ぐぜ！
鰐塚　まったくだ。始皇帝が恐れる宝なんてワイルドじゃねーか！

リィが二人に仕掛ける。

リィ　プレートを渡せ。
ランディ　そうだ！　プレートを渡せ！

ランディが現れる。

リィ　おまえも絡んでいるのか。
ランディ　久しぶりだな、リィ・シンセイ。こうしてまた皆と会えるとは。何か運命めいたようなものを感じるでござるな。
天内　またこのメンツが揃ったか。なんだかなぁ……
ランディ　さあ、そのプレートを拙者に渡すのだ！
鰐塚　腕が鳴るぜ！　宝探しはこうでなくっちゃ。
天内　なら気合入れろよ！
鰐塚　任せろ！
ランディ　よかろう。改めて拙者の凄さをわからせてやる。
リィ　後悔するなよ！

四人のプレート争奪戦が始まる。

リィ　ランディ、おまえはなぜプレートを狙う？
ランディ　忍者は依頼で動く。
リィ　誰の依頼だ？
ランディ　クライアントの名を明かすわけがなかろう。

リィ　ウォンか？
ランディ　うん。あっ‼
リィ　やはりそうか。
鰐塚　拙者を罠にはめるとは、やはり油断ならぬ奴！
ランディ　ウォンって、ワールド・アシスタント・オブ・ナチュラル・インコンプリヘンシビリティのウォンか？
ランディ　え、ああ……　たしかそんな小難しい名だったような……
天内　知ってるのか？
鰐塚　いや、名前を聞いた事があるくらいだ。
天内　よくそんなの覚えられたな？
ランディ　ええい！　とにかくプレートを渡すでござる‼

激しい奪い合い。

リィ　ランディ、手を貸すぞ。
ランディ　え？

リィとランディが手を組む。

天内　どういうこった？

リィ　悪いな天内。
ランディ　よくわからんが、拙者とおぬしが手を組んだら、敵う相手などそうはおらん。
天内　こりゃ、まずいな。
鰐塚　大丈夫だ！　おまえにはこのスーパーワイルドな鰐塚様がついてるじゃねーか!!
天内　それが不安要素なんだよ。
鰐塚　くらえ！　俺の新必殺技!!

カメハメ波の構えに入る鰐塚。

天内　まさかっ⁉
鰐塚　ワ～イ～ル～

ランディの一撃に沈む鰐塚。

天内　もう最悪、この人……

リィとランディに挟まれる天内。

天内　ははは……　こりゃ、さすがにお手上げだね……
ランディ　では、プレートを渡して貰おう。

天内はプレートを渡す。

ランディ　任務完了。では、ばいば〜い！

去ろうとしたランディがふと立ち止まる。

ランディ　リィ・シンセイ。おぬし、ウォン殿とはどういう関係でござるか？

リィ　W・A・N・Iのウォン。今まで俺が奪おうとしてきた宝を何度も奴に阻止されている。

ランディ　ウォンの宝に対する情熱には敵ながら頭の下がる思いだ。
そうでござったか。ご協力、謝謝！　では、一生ばいば〜い！

改めて去って行くランディ。

天内　どういうことだよリィ！　なんであいつの味方を⁉

リィ　我が一族のためだ。

天内　おまえらがどう関係してるんだ？

リィ　これ以上あのプレートに関わるな！

リィも去って行く。

天内　おい、起きろ鰐塚！

鰐塚　は！　プレートは？

天内　持ってかれちまったよ。

鰐塚　何て不甲斐ないやつだ。

天内　それは鰐塚だろ！

鰐塚　追うぞ！

天内　たく……

二人は追って行く。

【シーン　4】

神堂が逃げて来る。
かなり息を切らせている。

神堂　くそぉ、疲れる。だからパニッシュ公演は嫌なんだよ。俺は動かないし殺陣もやらないって言ったのに全く聞いてない。あいつら最悪だぜ……

リィの弟子達が追って来る。

パク　こんなところでへばっていたか。
チェン　俺たちから逃げ切れはしない！
ロン　さあ、プレートを返せ！

カッコ良く剣舞を披露する弟子達。
が、すぐに神堂に撃たれハケて行く。

神堂　悪いな、もう面倒くさい。
リョウ　こらぁ!!　面倒くさいとかで片付けるな！　せっかく彼らの見せ場だったのに。
神堂　大丈夫だ。今のは睡眠弾だから、その内また出番があるさ。
リョウ　こいつ、間違いなく最低の主人公だ。
神堂　黙れ、薄緑影！
リョウ　何普通に薄緑影とか呼んでんだよ。
神堂　おまえは何で肝心な時にいないんだ！　わざとだろ。わざと俺が活躍出来ねーようにしてるだろ!!
リョウ　何を言ってやがる。神堂が俺を見捨てて一人で逃げたんだろ。
神堂　俺のパートナーだったらあれくらい一人で切り抜けて当然なの！
リョウ　俺は神堂の武器を背負ってるんだぞっ!!
神堂　それが君の仕事だろ。何逆切れしてんの？
リョウ　あったまきた。だったら俺はこの仕事を降ろさせてもらうぜ。
神堂　勝手にすれば。俺が一緒にいてくれって頼んだわけじゃねーし。
リョウ　いいんだな。
神堂　いいよ。
リョウ　弾切れしても誰も補給してくれないからな！
神堂　いいよ。
リョウ　ボケても誰もツッコンでくれないからな。
神堂　いいよ。

リョウ　あ、そうかい！　じゃあな！

リョウは去って行く。

神堂　ん、ちょっと待って。ツッコミがいないのは困るよ！　今後どうやって笑いを取っていくんだよ。あ〜あ、行っちゃったよ。あいつ最近怒りっぽいな……

さり気なくBGMが流れてくる。

神堂　リョウって、近くにいるとうるさいけど、いなくなるとぽっかり心に穴が空いちまったみたいで、なんだか寂しいな。大切なものは失って初めて気付く……　って、何だ、このBGM⁉

スペンサーがどこからともなく現われる。

神堂　おまえかよ‼
スペンサー　気に入ってくれた？
神堂　気に入るか！　釣られてキャラにないセリフを吐いちまったじゃねーか。
スペンサー　銃使いがリローダーと分かれちゃったらヤバいんじゃないの？
神堂　それより、ボケにツッコミがいないって方がヤバい。

神堂をジッと観察するスペンサー。

スペンサー　じゃあ、真面目な話をしようか。
神堂　は？
スペンサー　どうしてトレジャーガードになんかなったの？　君には似合わない。
神堂　おまえのアクティブアーマーよりは似合ってるさ。
スペンサー　戻って来なよ。僕が上層部に掛け合ってあげるから。
神堂　やだね。俺は生きたいように生きるんだ。
スペンサー　それは君の生きる道じゃない。
神堂　おまえが決めるな。それに今さらブライアント社に戻れるかよ。
スペンサー　ブライアント社は有能な会社だ。力ある者を拒むような事はしない。しかし、逆らえば鉄の制裁を受ける事になる。

スペンサーが鉤爪を光らせる。

神堂　相変わらずやな会社……
スペンサー　君の力が必要なんだ。神堂がいれば僕たち暗部の立場もグッと上がる。
神堂　暗部はしょせん暗部。明るい未来なんてやってこねーぞ。
スペンサー　そんなことはない。

神堂　だいたい俺がいなきゃっておかしいだろ。スペンサーともあろうものが俺に頼ってんじゃねーよ。
スペンサー　なら君を始末する。
神堂　怖い顔すんなって。それでなくても怖い顔してんだからさ。そんなんじゃ彼女出来ねーぞ。
スペンサー　それは君でしょ!!

スペンサーが神堂を襲う。

スペンサー　女というものは、君のようなドライな男より、僕のようなウェットな男を求めるものさ!
神堂　君の場合はウェットというより、ネェットト〜って感じだろ。

スペンサーが神堂を追い込む。

神堂　待て待て!　わかったよ。今の状態でおまえに敵うわけねえ。仕事より命の方が大事だ。プレートは渡す。だからここは平和的に解決しよう。

と言いながら逃げようとする神堂だが、あっさり止められる。

スペンサー　そうやって隙を見て逃げ出そうとするやり方、変わってないね。
神堂　だめだ。こいつには手の内が全部バレてる……

スペンサー　おとなしくプレートを渡してもらえる？
神堂　はい。
スペンサー　それでいい。
ランディ　待てぃ!!　ぐんじょ影。

ランディが現れる。

神堂　色変ってんじゃんっ!!　しかも微妙な色……
ランディ　おぬしは任務を何と心得ているのだ。バカ者！
神堂　んなこと言ったって相手はスペンサーだぞ。
ランディ　心頭滅却すれば火もまた涼し。
神堂　使い方間違ってるから。
ランディ　いくぞ、ぐんじょ影！

戦うランディとスペンサー。
しかしスペンサーは余裕を見せている。

ランディ　むむむ……　少しは援護するでござる！　あ、いや、いらん！　おぬしの援護はいらん!!
スペンサー　死ね！

スペンサーのとどめの一撃を受け止めるリィ。

リィ　世話の掛かる奴だ。

ランディ　おお、助かったでござるよ。

そのままスペンサーに斬り掛かるリィ。
しかしスペンサーはものともしない。

スペンサー　ランクAのトレジャーハンター、リィ・シンセイ。なかなかのものだ。だが、私には遠く及ばない。

リィ　くっ……

そこへやって来る天内と鰐塚。

天内　いた～!!　って、あなたは⁉

スペンサーを見た瞬間、凍りつく天内。

鰐塚　どうした？

スペンサー　天内凛か。こんな所で顔を合わすとはねぇ。

ランディ　天内の知り合いでござるか？
天内　スペンサー。ブライアント社の特殊強行部隊の一員だ。
鰐塚　何だ、そりゃ？
天内　強奪スレスレの汚い仕事を請け負う、いわばブライアント社の影の部分。その力は誰もがランクSのトレジャーハンターに匹敵すると言われている。
ランディ　どうりで強いわけでござる。
鰐塚　ということは……
天内　俺の先輩ってわけ。
神堂　おまえもブライアント社のトレジャーハンターだったんだ。
天内　元だけどね。
スペンサー　どうしてブライアント社を辞めてしまったの？　君もなかなか優秀なトレジャーハンターだったんでしょ。白石が目をかけていたよね。
天内　俺には合わなかった。それだけっすよ。
スペンサー　で、君たちもプレートを狙ってるわけだ。
天内　まあ、一応……
スペンサー　先輩が狙ってるものを横取りしようって、失礼じゃない？
天内　え、そんな、失礼とか言われても……
スペンサー　身を引きなさい。それが礼儀だ！
天内　参ったなぁ……
鰐塚　こら！　ビビってんじゃねーぞ！

天内　ビビるって！　あの人、メッチャ恐い人なんだぞ！

スペンサー　穏便に会社を辞められたんだから事を荒げない方がいい。ブライアント社を敵に回したら大変だよ。

天内　……まあ、今回は諦めよっかな。

スペンサー　賢い選択だ。

鰐塚　この小心者が‼　こうなったら俺が奴をぶっ飛ばしてやる。

天内　よせ！

鰐塚　今度こそぉ！　ワ〜イ〜ル〜ド〜

天内はスペンサーにやっちゃって下さいの合図を送る。
スペンサーの一撃に沈む鰐塚。

天内　もう二度と立ち上がってくるな。

リィ　俺が奴を引き付ける。その隙に逃げろ！

神堂　はっ⁉

リィ　そのプレートをウォンに送り届けるんだ。

神堂　おまえ、ウォンの知り合いなの？

リィ　戦友みたいなものだ。

ランディ　では、ここはおぬしに任せる。頼んだでござるよ！

神堂　また逃げるのかよ。なんかオープンカーとかで颯爽と逃げられないの？

ランディ　ふふふ……　そんなこともあろうかと、思いっきりオープンな奴を用意しておいたでござるよ。

神堂　マジ！　さすが隊長だ。

ランディ　忍法、口寄せの術!!

ランディが自転車を引っ張って来る。

神堂　オープンにも程があるわ！　あっ、しかも鍵を壊してやがる。ひでえ……

ランディ　つべこべ言わずに乗れ！

神堂が自転車に飛び乗る。

神堂　ん、名前が書いてある。リィ・シンセイ。

リィ　何っ!?　あ、それはまさに俺のっ!!

スペンサーがランディーと神堂に襲い掛かる。
割って入るリィ。

リィ　どうでもいい！　早く行け！

逃げ出す神堂とランディ。

スペンサー　逃がさん。
リィ　させるか！

が、スペンサーに追い詰められるリィ。
そこへ助けに入る天内。

スペンサー　ほお、ブライアント社を敵に回すんだ？
天内　そんなつもりはないんですけど、こいつとは縁があって。
スペンサー　邪魔した事には違いない。これは許されざる行為だ。
天内　勘弁してくださいよぉ！
スペンサー　許してもらいたかったら、手伝ってもらおうかな。
天内　え？
スペンサー　プレート奪還に手を貸してって言ってるの！
天内　いや、それは困るなぁ……
スペンサー　困るのは白石君でしょ。君が穏便に辞められるように手を尽くしたのに、当の本人がブライアント社に敵対してくるなんて。彼の立場も危ういね。
天内　白石さんが⁉
スペンサー　手伝う気になった？

天内　……わかりましたよ。今回はブライアント社に協力します。でも、今回だけっすよ。
スペンサー　それでいい。じゃあ付いて来て。確か予備があったはずだから。

スペンサーと共に去って行く天内。
と、同時に立ち上がる鰐塚。

鰐塚　あれ、天内は？
リィ　ブライアント社に手を貸すようだ。
鰐塚　あのバカ。そんなしがらみに囚われてどうする。
リィ　天内の決断力のなさが顔を出したな。優柔不断な性格はなかなか直らんらしい。
鰐塚　世話の焼ける野郎だ。
リィ　まあ、ウォンが絡んでいるのならば、そう問題も起こるまい。
鰐塚　随分ウォンってのを信頼してるんだな。
リィ　あいつは出来た人間だ。
鰐塚　ほぉ。
リィ　それと、そこに隠れている奴！　もう出て来ても大丈夫だぞ。

リョウが顔を出す。

リョウ　気付かれたか。さすがリィ・シンセイ。

リィ　俺を知っているのか？
リョウ　もちろん。あなた結構有名なんだよ。
鰐塚　おい、俺は？
リョウ　え、ああ、あなたは……
鰐塚　まさかリィを知ってて、この俺様を知らないなんて事ないだろうな！　もし知らねえなら、おまえに俺の名を刻み付けてやるぜ。

ナイフを取り出す鰐塚。

リョウ　何だこの理不尽な奴は？　裸に革のベストなんか着て頭がイカれてるとしか……　裸にベスト⁉　鰐塚さん‼
鰐塚　おお、良く知ってるじゃないか。
リョウ　そりゃそうだよ！　鰐塚って言ったらこの世界では知らない人なんていないないでしょ。
鰐塚　そうだろ。世界一のワイルド野郎だからな！
リョウ　（小声で）あぶねえ。神堂が変にこだわってくれて助かったぜ……
鰐塚　で、おまえは？
リィ　あの銃使いのパートナーってとこか。
リョウ　正解！
リィ　で、どうして別行動を取っているんだ？
リョウ　それは……

リョウのお腹が鳴る。

鰐塚　何だ、腹が減ってるのか？
リィ　ここ何日かろくに食べてないんで。
鰐塚　唐揚げでも食うか？

ポケットから唐揚げを取り出す。

リョウ　ダイレクトにポケット⁉
鰐塚　ほれ食え。
リョウ　くさっ‼　これ腐ってるじゃん！
鰐塚　バカ。腐りかけが美味いんだ。
リョウ　無理だ。いくら腹が減ってると言ってもこれは無理だ。
鰐塚　いらねーのか？　じゃあ、俺が食う。

唐揚げを食べる鰐塚。

リョウ　すっげー‼　食った！　この人尋常じゃねーよ。しかも、リィさんノーリアクションだし。どうなってんだ、この人たち⁉

リィ　付いて来い。大した物はないが、適当に食わせてやる。
リョウ　うわ～、メッチャ嬉しい。
鰐塚　こら！　俺にも食わせろ!!　プルコギとか食わせろ!!

リィの青竜刀が鰐塚の喉仏を捕らえる。

リィ　プルコギは韓国料理だ。中華ではない。
鰐塚　す、すいません……
リョウ　一瞬わかんないよね。

去って行く三人。

【シーン　5】

自転車に乗っている神堂とランディ。
ランディが楽しそうにベルを鳴らしている。

神堂　おい、恥ずかしいから鳴らすな！　たく、次から次へと変なのが出てきやがって。しかも、俺ほとんど活躍してないじゃん……

ランディ　まったくだ。そんな事では拙者の部下としてやっていけないぞ、黄土影！

神堂　それ色というより、大きなトカゲみたいだから！　やめて。

ランディ　だったらもっと活躍せい！　さすれば鮮やかな色に昇進できる。

神堂　そういうシステムなんだ……　で、何処に向かってるの？

ランディ　このままウォン殿の所へ行く。

神堂　つーことは……

ランディはプレートを取り出す。

神堂　すげー!!　よく奪い返せたな！

ランディ　拙者は忍者革命を起こす男でござるよ！

携帯を取り出すランディ。

ランディ　あ、もしもし山下ですけど。
神堂　え⁉
ランディ　あ、いや、ランディですけど。どうもどうも。はい、任務完了しました。ええ、今からそちらに向かいますんで。はいはい、取っ払いでお願いしま〜す！
神堂　これで俺も晴れて日本に帰れるってわけだ。さよならレイファンちゃん！
ランディ　不思議な奴でござるな。
神堂　え？
ランディ　おぬし窮地に追い込まれても妙にゆとりがある。まるで百戦錬磨の達人のようでござるな。
神堂　苦しい時ほど落ち着いて考えなけりゃ活路なんて見出せないだろ。
ランディ　言うでござるな。しかし、活路は見出していないでござるよ。
神堂　確かに。

パク・ロン・チェンが自転車で追っかけて来る。

チェン　待て〜‼
パク　逃がさん！

ロン　プレートは渡さない！

神堂　おい、チャリで追っかけて来るな！　ダサいから！

チェン　黙れ！　さっきは不覚を取ったが、今度はそうはいかないぞ！

ロン　俺たちの力を見せてやる。

ランディ　おお、これは～!!

神堂　どうした？

ランディ　カーチェイスというやつでござるな！

神堂　違うぞ！　勘違いするなアホ忍者!!

ランディ　派手に行こうぜ!!

ランディがベルを鳴らす。

神堂　だから鳴らすな！

ランディ　何を言っておる。カーチェイスと言えばアクションの華ではないか！

神堂　こんなカーチェイスやだ……

激しく愉快なチャリチェイスが繰り広げられる。

ランディ　ん、おぬしら……赤影、青影、黄影!?

神堂　どうした!?

ランディ　いや、違う。あやつらがこんな所にいるはずがない。
神堂　だからどうしたんだよ！
ランディ　あやつらが拙者の部下の赤影と青影と黄影に良く似ているのでビックリしたでござる。
神堂　どこの国でも下っ端ってのはあんな顔をしてるもんだ。
パク　貴様に下っ端呼ばわりされる覚えはない。
ロン　覚えはない！
チェン　覚えはない！
ランディ　に、似ているっ!!

ランディがベルを鳴らす。

神堂　鳴らすなって言ってんだろ！

さらにヒートアップするチャリチェイス。

ランディ　よし、振り切るぞ。
神堂　無理だろ！　こっちは二人乗りだぞ。
ランディ　なめてもらっては困る。このランディ号は6段ギアよ。テヤァ〜!!
神堂　何がランディ号だ。これはリィのだろ！
ランディ　うりゃりゃりゃりゃ〜

振り切る神堂とランディ。

ロン　ち、逃がしたか。

チェン　すっげー!!　さすが先生のチャリだ。

パク　一旦引き上げよう。

三人は諦めて引き返していく。

【シーン　6】

神堂とランディがやって来ると、ウォンと部下達のダンスが繰り広げられる。

ウォン　待ってましたよ。さあ、レッツ、ダンシング!!

呆気に取られる神堂とランディ。
ラストの決めポーズ。

ウォン　最高！

神堂　……

ランディ　あの、ウォン殿……　プレートを……

ウォン　そうでした！　さすが私の見込んだ方々、お見事ですね。

ランディがプレートを渡す。
続いて神堂がプレートを渡す。

ウォン　これで、宝の在り処が示される。

プレートを一枚にするウォン。

するとプレートの魔力がウォンの中に入り始める。

ウォン　なるほど、これは面白い。
ランディ　どうなされた？
ウォン　このプレートは、不老不死の仙薬を作った者が残したようです。
ランディ　ほぉ。
ウォン　その者は長年かかって作り上げた仙薬を始皇帝に献上した。しかしそれはまだ不完全なもので、恐るべき副作用を持っていた。この仙薬を恐れた始皇帝は彼を反乱分子という名目で幽閉し、その精製法を記したものを固く封印する事にした。その封印を命じられたのが始皇帝の腹心の部下だった徐福。
ランディ　ほうほう。
ウォン　しかしその仙薬を作った者は、自分が受けた屈辱を晴らすべく、幽閉中にこのプレートに手掛かりを残し剣の中に隠した。いつの日かこれを手にした者に、禁断の秘宝に辿り着き、仇を討って欲しいと。
ランディ　積年の恨みというのは恐ろしい力を持っているでござるからな。
ウォン　残念ながら、どこにその仙薬が封印されているかまでは書いてありませんが、プレートに示されている通りなら今も徐福の血族が精製法を記したものをどこかで護っているに違い

神堂　ない。

ウォン　じゃあもう手掛かりは途絶えたな。二〇〇〇年以上も前の人間の子孫なんかわかりっこねえ。でも、報酬は貰うから。

ランディ　そうでもない。その一族には代々特殊な形をしたあざが浮かび上がるらしい。そのあざの形まで記されている。

神堂　なら探せるでござるな。

ウォン　何言ってんだ。子孫なんて途中で途切れてるって。絵に書いた餅なの。でも報酬は貰うから。

このあざ、見たことあるんですよ。

顔を見合す神堂とランディ。

ランディ　間違いないでござるか？

頷くウォン。

ウォン　リィ・シンセイ!!　彼の右腕にありました。

ランディ　リィにっ!?

息を飲む一同。

ランディ　しかし、徐福という名は⁉

ウォン　おそらくこの任務があまりに危険だったため、途中で一族の誰かが名前を変えたのでしょう。

ランディ　リィはその事を知っているでござるか？

ウォン　もちろん知っているでしょう。

ランディ　だからあんなに必死にプレートを護ろうとしていたでござるな。

ウォン　こんな事が世間に知れたらリィ君の一族は大変です。私が最初に手に入れて良かった。とりあえず、リィ君に会いに行きましょう。

神堂　ちょっと待った！　俺の依頼は終わったんだから報酬をくれよ。

ランディ　おぬし、さっきから金のことしか頭にないな。

神堂　もちろんだ。

ランディ　今、すごい展開を見せているでござるよ。

神堂　どうでもいい。報酬をくれ。

ランディ　バカじゃないの？

♪スペンサー　スペンサー

歌声が響いてくる。

神堂　……悪魔の歌声が聞こえる……

♪天使もおびえる　その響き
薔薇色の頬も凍りつく
泣いてもだめ　許してあげない
濡れた瞳に映る僕は
今日も震えるほど
残酷かい

スペンサー

スペンサーが現れる。

スペンサー　逃がさないよ。
神堂　しつこいよ！
スペンサー　そんなの今に始まったことじゃないでしょ。

続いてアクティブアーマーを装着した天内が現れる。

ランディ　天内！　おぬし……

天内　いろいろあって、この人のお手伝いをする事になっちゃった。
ランディ　何をやっておる、バカ者！
天内　しょうがねーんだよ！
ランディ　ウォン殿！　ここは拙者達に任せて、先に行ってくだされ。
ウォン　では、よろしくお願いします！

ウォンは去って行く。

神堂　これ追加料金だかんな！
スペンサー　神堂、特殊部隊に戻ってきなよ。もう一度僕と組もう！
天内　えっ⁉
神堂　つーか、おまえがやだ。
スペンサー　この美声を持つ僕のどこが嫌なのさ。
神堂　それ、メッチャマイナスポイントね。

対峙する神堂とスペンサー。

天内　思い出したっ‼　元ブライアント社特殊強行部隊のリーダー、銃使いの神堂敦志！　確か、俺が入社する少し前に辞めたって聞いた。
神堂　おまえ、白石の部下って言ったな。

天内　はい。白石さんには良くしてもらいました。
神堂　なのに、先輩であり白石の友人であるこの俺に楯突くってのか？
天内　えぇ～　そんなつもりないっすよ！
神堂　俺と白石を敵に回して生きていけると思うなよ!!
天内　ですよねぇ……
スペンサー　ブライアント社を敵に回わしたら、やっていけないよ。
天内　ですよねぇ……

神堂とスペンサーに挟まれ、額に汗を滲ませる天内。

天内　（小声で）何これ!?　ファミレスでメニュー決めるのも迷う俺が、こんな究極の選択を迫られても決められるわけねーじゃん！
ランディ　何をすごんでおる、バカ者。

神堂の頭を叩くランディ。

天内　バカはおまえだ!!　その人が誰かわかってんのか？
ランディ　拙者の部下のガラパゴスオオトカゲ影だ。
神堂　完全にトカゲになっちゃった……
ランディ　最近、拙者の部下に加わったでござるよ。

天内　死ね！　死んで詫びろ‼
スペンサー　忍者君もすごいね。勝てないとわかっていながら向かって来るんだから。
ランディ　忍者にとって一番大切なのは任務を遂行すること。ウォン殿の敵は拙者が追い払う。
スペンサー　偉い偉い。

ランディが神堂に耳打ちする。

ランディ　いいか、我々は時間を稼げばいいのだ。距離を取り守りを重視し、のらりくらりと戦うのだ。そして時を見て離脱する。わかったな！
神堂　了解だ、隊長！　つーことでスペンサー、時間を稼ぐためにのらりくらり戦わせてもらうぞ‼
ランディ　何で言っちゃうのぉ！　今の秘密の作戦だから！
神堂　そうだったんだ。隊長があまりに不細工だから気が付かなかった。
ランディ　そうか。拙者が不細工だから秘密の作戦なんか立てそうもない……　て、不細工関係ねーよ‼　もうおぬしにツッコムのやだ。薄緑影はどこにいったんだっ‼
神堂　気にするな。隊長のツッコミだってなかなかだ。ただ薄緑影のツッコミが良過ぎるんだ。人にはそれぞれ得意なものがあるんだよ。なあスペンサー。
スペンサー　そうだ。僕には歌がある。

歌うスペンサー。

神堂　天内は何が得意だ？
天内　僕は手品とか……
ランディ　天内が手品⁉　キャラクターがん無視でござるな。

簡単な手品を披露する天内。

神堂　（リアクション）
天内　じゃあ、僕も歌います！

歌う天内。

スペンサー　君は歌うな！
ランディ　すっげー音痴‼
天内　うるせえ！　そういうランディは何が得意なんだよ？
ランディ　拙者はな……
神堂　あ、隊長は忍者なんだから忍法とか得意なんじゃねーの⁉
ランディ　もちろん！　変化の術なんか腰を抜かすぜ‼
神堂　見せてくれよ。
ランディ　残念だが、トレジャーボックスでやり尽したのでもう無理でござる。

リョウ　何言ってんだよ！　今回初めてのお客さんもいっぱいいるんだから！
天内　俺も見たい！
スペンサー　僕も見たいねえ。
神堂　これはもうやるっきゃないな。
ランディ　ならば仕方ない……　変化!!

モノマネをするランディ。
一同リアクション。

ランディ　で、おぬしの特技は何だ？
神堂　はい！　俺はキン肉マンに出てくる超人を一〇〇人言いま～す！　キン肉マンでしょ。テリーマンにラーメンマン、ロビンマスク……
ランディ　もういいから。それ楽しいのおぬしだけだし、時間掛かるだけだから！
神堂　わかってねーな。
ランディ　何が？
神堂　まだ気付かないのか。これが全て策略だと！
ランディ　策略!?
神堂　そうだ！　ウォンを逃がす時間を稼ぐためのな！
スペンサー　はっ!!　しまったぁ！　このルーズな空気が意外に気持ち良くて、つい……
ランディ　ならば、我らもここから脱出するでござるよ。

神堂　どうやって？
ランディ　忍法、隠れ身の術！

ランディは懐から布を取り出す。

神堂　おいおい、背景と柄がまったく合ってないぞ。むしろ目立ってる。
ランディ　黙れ！　話しかけるな。居場所がバレるだろ。
神堂　いや、おかしいって！　体出てるし!!

言い争いを続ける神堂とランディ。

スペンサー　かなり時間を喰ってしまった。天内君、ここは任せたよ。
天内　は、はい！
スペンサー　ごめんね神堂。僕ちょっと行って来るから、また後で！

スペンサーはウォンを追って行く。

天内　あのぉ、スペンサーはもういませんよ。
神堂　何!?
天内　プレートが一番みたいです。

神堂　そうか。まあこんなもんだろ。時間は充分稼いだ。

胸を撫で下ろす神堂。

天内　なんだか聞いてた印象と違うな。
神堂　ん？
天内　もっと怖い人かと思ってましたよ。特殊強行部隊の神堂敦志って。

笑みをこぼす神堂。

神堂　あっそ。
天内　何で辞めたんすか？
神堂　おまえは何で辞めたんだ？
天内　僕は……　自分が自分じゃなくなるって言うか、もっと楽しく宝探しをしたいなって思って。
神堂　じゃあ、おまえと一緒だ。
天内　え……
神堂　楽しくなかった。俺がやってたのは宝探しというより強奪だ。いろんな人からいろんな物を奪った。でも、奪えば奪うほど俺の心が無くなっていった。
天内　……

神堂　このままじゃ、俺の心が全部無くなっちまうと思ったから辞めたんだ。
天内　で、よりによってトレジャーガードですか。
神堂　奪ってきた分、護る事にしようと思ってね。
天内　おそろしく単純な発想っすね。
神堂　自分の大切な宝を護るためにも。
天内　え？
神堂　天内は辞めたのに、何でスペンサーの手伝いなんかしてんだ？
天内　だって、ブライアント社に睨まれると何かと大変だし、白石さんに迷惑掛けたくないし
……
神堂　くだらねえ。辞めて気を遣うくらいなら辞めなきゃ良かっただろ。そんな弱い心じゃ、とてもじゃないがこの世界はやっていけねえよ。引退したら？
天内　そんな言い方しなくても……
神堂　それに、白石はおまえの事で揺らぐような器の小さい人間じゃねーよ。あいつは俺より強《したた》かだからな。
……
天内　自分を見失うな。
神堂　……
天内

神堂はランディの所へ歩いて行く。

神堂　隊長！　スペンサーはもういませんよ！　隊長‼
ランディ　とか言っておぬしがスペンサーだろ？
神堂　ほんとのバカだろ。
ランディ　だったら証拠を見せろ。
神堂　じゃあ、キン肉マンの超人一〇〇人言います。キン肉マン・テリーマン……
ランディ　おお！　ガラパゴス‼
神堂　ウォーズマン・ブロッケンジュニア……
ランディ　もういい！　もういいから！　それよりリィの元へ急ぐでござる。

ランディの前に立っている天内。

ランディ　おっと！　まだおぬしが残っていたか。よ～し決着を付けよう。
天内　そうだよな……　確かにこんなの俺らしくない。
ランディ　は？
天内　あぶねえ。またバカな事するとこだった！
ランディ　なんだ？
天内　ランディ、今は争ってる場合じゃない。ウォンさんとリィが心配だ。
ランディ　え？　どうしたでござる？
天内　どうしたもこうしたもない！　ほら、行くぞ！
ランディ　お、おう！

天内とランディが走って行く。
その後に続く神堂。

【シーン　7】

リョウと鰐塚が北京ダックを食べている。
そのそばに腰を下ろしているリィ。

リィ　で、今は別行動を取っていると。
リョウ　酷い奴なんだよ。言いたい事だけ言いやがって、こっちの言い分なんて聞きやしない。ほんとムカつくよ。
リィ　でも好きなんだろ、神堂が。
リョウ　冗談じゃないよ。誰があんなやつ。
リィ　では、その包みはなんだ？　神堂の分じゃないのか？
リョウ　な、なに言ってんの。これは、後で食う分なんだよ。
リィ　ふ……
リョウ　何その「ふ……」っての！　マジ俺のだから。
リィ　わかったよ。
リョウ　……
リィ　で、神堂とはどこで知り合ったんだ？

リョウ　俺も昔はトレジャーハンターだったんだよ。万年ランクCだったけど。その頃に一回だけ現場で神堂に会った事があってさ。

リィ　あいつがトレジャーハンターだった頃か。

リョウ　もうその頃のあいつは異常なくらいピリピリした空気撒き散らしてて、おまけに銃の腕もピカイチだったから、一瞬見ただけで、やべえ、こいつとは関わっちゃいけねえって思った。

リィ　今の奴からは想像も出来ん な。

リョウ　だろ！　なのにそれから何年かして出会ったあいつはまるで別人みたいにヘラヘラしてて、意味なく元気一杯で、バカみたいに幸せそうでさ。もうほんと驚いたよ。しかも今度はトレジャーガードになったとか言ってんだぜ。

リィ　そうか。

リョウ　つーか、おかしいでしょ⁉　トレジャーガードって何だよって話じゃん。んなの聞いた事ないし。だけどあいつなんでか自信満々でさ。んで天然ボケでツッコミどころ満載なわけ。もう面白くってさ。気が付いたら一緒にトレジャーガードやってたみたいな。

鰐塚　俺と凛ちゃんみたいなもんか。

リョウ　え？

リィ　早く仲直りすることだ。

リョウ　だから、俺はもうあいつを見限ったの！

リィ　そうだったな。

鰐塚　おい、食後の茶とか出せよ。気が利かねーな！

リィの青竜刀が鰐塚の首に当てられる。

リィ　自分の血でも啜《すす》るか？
鰐塚　すいません……
リィ　冗談だ。パク！

返事が無い。

リィ　ロン！　チェン！

返事は無い。

リィ　ん？
鰐塚　いいよ、いいよ。自分で入れるから。

そこへウォンが現れる。

ウォン　リィ君！
リョウ　ウォンさん！

リィ　久しぶりだな、ウォン。

ウォン　元気でしたか？　こちらに戻って来ていると聞いたので、もっと早く会いに来ようと思ってたんですが、私もなかなか忙しくてね。そちらの裸にベストの方は？

リィ　こいつもトレジャーハンターだ。

ウォン　お仲間さんですか。

リィ　ウォン、ただ挨拶に来たようではなさそうだな。

ウォン　ええ！

一枚になったプレートを見せるウォン。

ウォン　このプレートが二枚揃ったのでね。

リョウ　おお、やったな神堂!!　これで日本に帰れる！

リィ　そのプレートを持ってここに来たという事は……

ウォン　書いてありました。あなたの一族が伝説の秘宝に関係していると。

リョウ　え？

リィ　プレートを残したのは誰だ？

ウォン　不老不死の仙薬を作りし者。

リィ　ならば、封印の場所は記されていない。そうだな？

ウォン　ええ、残念ながら。

リィ　そうか。最悪な状況は免れたな。封印の場所を知っているのは我が一族のみ。それ以外の者が手掛かりを残せるはずはないが、万が一プレートに封印の場所が記されていたらと懸念していたが、これで禁断の秘宝は護られた。これ以上の詮索は無用だ。おまえ達もこの事は口外するな。でなければ俺が始末する。

リョウ　わかりました！

リィ　ウォン。それを手に入れたのがおまえで良かった。

ウォン　ええ、本当に。

リィ　礼を言う。プレート自体を改めて封印してくれ。

口元が緩むウォン。

ウォン　封印などしませんよ。

リィ　なにっ⁉

ウォン　始皇帝の宝は私が手に入れる。さあ、宝が眠る場所に案内してもらおうか、リィ君。

リィ　何の冗談だ？

ウォン　冗談ではありません。私はいたって真面目です。よく知っているでしょう。

リィ　ウォン……

ウォン　さあ、案内してください。

リィ　いったい、どうしたんだ？

ウォン　どうしても欲しくなってしまったんです。

リィ　……

ウォン　だって不老不死の宝なんて手に入れたらどれだけの利益が転がり込んでくるかわからないでしょ？　欲しくならないわけがない！　これがあればW・A・N・Iなど辞めたってどうってことない。

リィ　辞める!?　あんなに誇りを持って働いていたのに？

ウォン　このたび、社長が引退して息子が引き継ぐ事になったんだ。そのため大幅な人事異動があってね。

鰐塚　……

ウォン　私は蹴落とされてしまったよ。会社のため、人のために身を粉にして真面目に頑張って来たっていうのに、自分の私利私欲に走った要領の良い者たちに、まんまとしてやられてしまった。彼らからしてみたら僕みたいに真面目にやっている人間は目障りでしかたないらしい。

リィ　それで会社を辞めるのか。

ウォン　私はこれまで良い行いをしてきたつもりだ。それなのに、その見返りがこれだ？　おかしいだろ!?　良い人間が辛い思いをし、悪い奴らが良い思いをするなんて。

リィ　……

ウォン　そんな中、このプレートが私の手の中に転がり込んできた。

かなり様子のおかしいウォン。

ウォン　このプレートが私に言うんだ。不老不死の仙薬を手に入れろって。私の背中を押すんだよ。

リョウ　ちょっと、ウォンさん、いっちゃってない？

リィ　プレートの魔力に当てられたな。

リョウ　え？

リィ　あのプレートには不老不死の仙薬を求める者の強い意思、そして不当な扱いを受けた積年の恨みが込められている。その思いがウォンの心の影と共鳴してしまったんだ。

鰐塚　おまえの会社はすいぶん腐ってるようだな。

ウォン　ああ、最悪な会社だよ。そのうち私が潰してあげる。

鰐塚　立て直そうって気持ちはねーのか？

ウォン　手遅れさ。

鰐塚　貧弱な野郎だな。

ウォン　部外者にとやかく言われる筋合いはない。さあリィ君、案内するんだ‼

リィ　この俺が案内すると思うのか？

ウォン　せざるを得ないんだよ。

ウォンの部下達がパク・ロン・チェンを連れて現れる。
三人には銃が突き付けられている。

リィ　おまえ達。

チェン　すいません。

ロン　油断しちゃいました。

ウォン　どういう事かわかるよね？
リィ　ウォン、おまえはプレートの魔力に操られているんだ。気をしっかり持て！
ウォン　私は案内するのかしないのかと聞いているんです！
チェン　先生！　僕らの事は気にしないで下さい。
ロン　そうです。先生に迷惑掛けたくありません。
リィ　……
ウォン　そうですか。案内したくないんですか……　では、あなたから死んでいただきましょう！

パクを指名するウォン。

パク　あのぉ、何で僕からなんでしょうか？
リョウ　その二人には愛嬌があるけど、君には愛嬌がないからじゃない。
パク　ちっ、殺せよ。

引き金が引かれそうになる。

リィ　待て！　案内しよう。
パク　先生!!
ウォン　では、その青竜刀を捨ててください。危なっかしくて。

青竜刀を地面に置くリィ。

ウォン　では、行きましょう。禁断の秘宝の元へ。

スペンサー　僕もご一緒させてもらってもいいかな？

スペンサーが姿を現す。

鰐塚　てめえは！

スペンサー　あなたと僕の目的は一緒になったようだ。

ウォンの部下がスペンサーに発砲する。

スペンサー　そんなの通用しないよ。

ウォン　どういうつもりだ？

スペンサー　手を組もうって言ってるのさ。僕みたいな優秀な人間を味方にすると、ぐっと仕事が楽になるよ。

ウォン　なるほど。

スペンサー　最後にちょこっと宝を分けてくれればいいからさ。

ウォン　……

スペンサー　どう、悪くない話だろ？

ウォン　気に入ったよスペンサー‼　手を組もうじゃないか。
スペンサー　（小声で）おお、怖い目……　人間じゃないみたい。
リョウ　小声でしゃべってもマイクを通したら意味ないから。
スペンサー　あら、これは失礼。
ウォン　構わないよ。私は悪魔に魂を売った男だ。

握手を交わすウォンとスペンサー。

リョウ　これってかなりヤバくない？
リィ　ウォンを正気に戻さねば。
ウォン　さあ、案内してくれ。
鰐塚　教えちまうのか？
リィ　今はウォンに従うしかあるまい。
鰐塚　じゃあ、行こう！
ウォン　あなたは来なくて結構です。
鰐塚　え、そんなこと言わずに俺も連れてけって！

鰐塚に銃が向けられる。

鰐塚　お達者で！

ウォン　おっと忘れるとこでした。これは依頼料です。
リョウ　え？

リョウに金を渡すウォン。

ウォン　こういうのはきっちりしませんとね。根が真面目なもんで。
リョウ　ど、どうも……

リィとウォン達は去って行く。

鰐塚　こりゃ、とんでもない事になってきたなぁ。かなりワイルドにデンジャラスだぜ。
リョウ　そうだけど、まあ俺の知ったこっちゃないな。
鰐塚　しょうがねえ、このスーパーワイルドな鰐塚様が一肌脱いでやるか。
リョウ　止めた方がいいよ。あなた自分の事をよくわかってないようだから忠告しておくけど、確実にトラブルメーカーだから！　傷口を広げるのが関の山。
鰐塚　てめえ、ナイフの錆びになりたいのか。

鰐塚はナイフを取り出すが、あっさりリョウに叩き落される。

鰐塚　あ……

ナイフを拾う鰐塚。

鰐塚　よし、追うぞ！
リョウ　追わねーよ！　つーかおまえはトラブルメーカーだって言ってるだろ!!
鰐塚　宝探しにトラブルは付き物だ。

そこへやって来る天内とランディ。

天内　おお、鰐塚！
鰐塚　「おお」じゃねーよ！　てめえ、あんなわけのわからん野郎に協力しやがって!!
天内　鰐塚にはわからない事情ってのがあるんだよ。
鰐塚　しかも、またそんなの着てるのか。
天内　んなことより、リィは？
鰐塚　ウォンと一緒に行っちまったよ。
天内　どこに？
鰐塚　伝説の秘宝の隠された場所に。
天内　どういうこと？
鰐塚　あのウォンってやつが暴走を始めやがったんだ。
ランディ　なんだと！

天内　何がどうなってんだ？
リョウ　あの～
ランディ　おお、薄影！　どうした。
リョウ　色どっかいっちゃったじゃん。それじゃただの影の薄い人だよ！
ランディ　良いツッコミだ。気持ち良い！
リョウ　んなことより神堂は？
ランディ　神堂？　ああ、ガラパでござるか。
リョウ　ガラパ⁉　なんで？
ランディ　あいつは今、人生最大の難問にぶつかっておる。
リョウ　何それ？

神堂がぶつぶつ言いながら歩いてくる。

神堂　くそぉ……　あと二人なのにぃ！　ねえ、タイルマンって言ったっけ？
ランディ　知らんわ！　おい、あとのツッコミは任せたぞ。
リョウ　あいつ何やってるんだ？
ランディ　超人一〇〇人言えるかな？　をやっておる！
リョウ　またか……　おい神堂、スカイマンとかもう出た？
神堂　おお、スカイマンとかいた！　超マニアックだよ。よし、これであと一人……って、言っちゃったよぉ!!　もう、今までの九八超人すべて無駄だよ。しょうがない。今度はドラゴンボールの登場人物で……

リョウ　うざいわ!!　しかもそれを楽屋でやるのやめてくれる。えらい迷惑だから。

神堂　さすがリョウ！　良いツッコミするなぁ。

天内　そんな事はどうでもいいでしょ！　それより事情を説明してくれよ。

鰐塚　いいか、ちゃんと聞けよ。まずな……

リョウ　ちょっと待って、時間が掛かりそうだ。すいません、一回暗転下さい。

鰐塚　え、なに？　どういう事？　ねえ！

舞台が暗転になり、再び明かりが付く。

一同　そうだったのかぁ！　そんな事が……

鰐塚　俺の長ゼリフが〜!!

天内　じゃあ、リィを助けに行かないと。

鰐塚　言っておくが、ウォンとスペンサーが組んだとなると、これはそうとう厄介だぞ。

天内　大丈夫だ。こっちには神堂さんがいるんだ。負けるわけがない。

ランディ　ガラパが？

鰐塚　こんなヘタレが何だってんだ？

ランディと鰐塚が神堂を叩く。

天内　バカ～!!　何て事すんだよ！　いいか、この人はな……
リョウ　悪いけど、俺たちはここでさよならだぜ。
天内　え？
リョウ　依頼料は貰ったんだ。後は俺たちの知ったことじゃないからな。
天内　そんなぁ。神堂さんがいなきゃどうやってスペンサーを？
リョウ　忘れるな！　俺たちは仲間じゃない。敵同士なんだよ。
天内　でもぉ……
リョウ　だいたい神堂がそんな面倒な事に首を突っ込むわけないだろ。なあ！
神堂　ウォンを追う。
リョウ　は？
天内　神堂さん!!
リョウ　おまえ何言ってんの？　金はもう貰ったんだぜ。日本に帰れるの。わかってる？
神堂　あのプレートは取り返さなくてはならない。
天内　ですよね！　あのプレートがウォンさんをおかしくしてるんだから！
リョウ　どうしちゃったんだよ？　そんなの神堂らしくないぞ。
神堂　レイファンちゃんのペンダントが付けっぱなしなんだ！
リョウ　はぁ？
神堂　レイファンちゃんのペンダント！
リョウ　何を言ってるんですか？
神堂　あのプレートにレイファンちゃんのペンダントを付けたままなんだよぉ！

リョウ　そんなのマックスどうでもいいわ!!
神堂　どうでもよくねーよ！　あれは限定二〇個で超プレミア付いてるって言ったろ!!
リョウ　死ね！　おまえもう死ね!!
神堂　うるさい！　俺は行くぞ!!
リョウ　良く考えろって！　相手はスペンサーだぞ。命の保障なんてないぞ。日本に帰れば、あややだって上戸彩だっているじゃないか！
神堂　レイファンちゃんがいいあるよ！
天内　あの、話がずれてるような気がするんですけど……
リョウ　おい、しっかりしろ神堂！　俺たちは日本に帰るの!!
神堂　もう俺とリョウはパートナーじゃないだろ。帰りたかったら一人で帰ればいい。俺はレイファンちゃんを助ける！
鰐塚　何を揉めてんだ。早くしねーと手遅れになるぞ！
リョウ　もう勝手にしろ！　俺は帰るからな。
神堂　おいリョウ！
リョウ　ん？
神堂　弾丸をくれ。
リョウ　……

リョウは弾丸を渡す。

神堂　んじゃ、行こうか。待っててくれよ、レイファンちゃん！
鰐塚　よっしゃ！　いっちょ、ワイルドにやってやるか！
ランディ　意気込むのはよいが、拙者の足を引っ張るなよ！
鰐塚　そりゃ、てめえだ！

天内がリィの青竜刀を握り締める。

天内　俺、戦いますよ。トレジャーハンターの誇りを掛けて！　頼りにしてるぜ、ランディ、鰐塚！
鰐塚　任せろ！
ランディ　ふん。
天内　よーし、相手はウォンにスペンサーだ。気合い入れしようぜ！

手を合わす天内・鰐塚・ランディ・そして神堂。

天内　いくぜ！
一同　おおぉ〜!!

飛び出して行く一同の中、神堂がリョウに近寄って来る。

リョウ　な、なんだよ。俺は帰るからな！
神堂　大事なの忘れてた。
リョウ　え？
神堂　アデランスの中野さん！　これで一〇〇だ。
リョウ　……
神堂　つーことで、行って来るぜ。

神堂も後に続いて行く。

リョウ　なにそれ！　良いセリフみたいに言いやがって……

リョウは帰ろうとしかけるが、ふと立ち止まる。

リョウ　おいっ!!　アデランスの中野さんは超人じゃねーぞ！

神堂はもういない。

リョウ　……

【シーン　8】

リィを先頭に、ウォン達が歩いて来る。

ウォン　まさかこんな所に徐福の墓への入り口が隠されていたとは。雰囲気があるじゃないか。
リィ　不老不死の仙薬などありはしない。あるのは恐ろしき物だ。
ウォン　それは、それでいいじゃないか。あの始皇帝が恐れたものだ。もっと興味があるよ。君は
それが何なのか知ってるの？
リィ　さあな。俺もここに入るのは初めてだ。しかし、先祖代々言い伝えられている。その宝恐ろしきものゆえ、けっして世に出してはならぬとな。
ウォン　楽しみだね。
リィ　破滅が近づいているのにか？
ウォン　余計な事は言わなくていい。

部下に殴られるリィ。

ウォン　変な気を起すなよ。少しでも妙な動きをしたら弟子の命はない。

リィ　わかっている。
パク　何を言ってるんだ。俺たちは弟子なんかじゃない。
チェン　そうだ。俺たちが勝手に先生にくっついてるんだ！
ロン　先生！　俺たちに構わないで下さい。先生は一人がいいって言ったのに、勝手に付き纏ったのは俺たちですから。
パク　挙句の果てに先生に迷惑を掛けちゃ、俺たち悔やんでも悔やみきれません！
リィ　黙れ。
チェン　でも先生、これじゃ……
リィ　おとなしくしていろ。

涙をこらえるパク・チェン・ロン。

ウォン　それと君も静かにしてくれ。

歌をやめるスペンサー。

スペンサー　どうして？　師弟愛の良いシーンだからBGMで盛り上げてるのに。
ウォン　残念だが盛り上がらない。なぜなら君が目立ってしまうからだ。
スペンサー　そうか！　僕って華があるからね。
ウォン　わかっていると思うが、裏切るなよ。

スペンサー　……
ウォン　裏切れば殺す。
スペンサー　あなたのその目を見たら裏切ろうなんて思いませんよ。

しばらく歩く一同。

リィ　プレートの怨念に完全に支配されているな。
ウォン　ん！　感じるぞ。確実に宝に近づいている!!

目の前に現れる徐福の石櫃。

ウォン　これか。この中に宝があるのか。
スペンサー　でもこれ、どうやって開けるの？

リィの腕のあざが熱くなる。
その異変に気付くウォン。

ウォン　どうしたリィ君？
リィ　……
ウォン　どうやら君がこれを開く鍵みたいだね。

スペンサー　どういうこと？
ウォン　この扉は、始皇帝の命を受けた徐福の絶対に開けてはならぬと言う強い思念により固く閉ざされている。部外者が開けるのは不可能だ。
スペンサー　じゃあ、どうするの？
ウォン　僕たちが血族の者だってわからせればいい。
スペンサー　どうやって？
ウォン　血さ。徐福と同じ血……
スペンサー　いいねえ。ドラマチックだ。
ウォン　おまえの血をもらうぞ。
リィ　好きにしろ。ただ、あいつらは開放してやれ。もう人質の意味もなさないだろう。
ウォン　彼らの命は保障するよ。私は根が真面目だから安心してくれ。
リィ　この宝を手にしてもおまえに未来はない。
ウォン　ご忠告ありがとう。

部下から青竜刀を受け取るウォン。

ウォン　おまえも先祖と共にここに眠れ！

振り上げられた青竜刀が弾かれる。

ウォン　誰だ！

現れる神堂と天内。

神堂　どうも！
ウォン　なんのつもりだ？　金は払っただろう。もうおまえには何の関わりもないはずだ。
神堂　レイファンちゃんに貰った大切なペンダントを取り返しに来た。
ウォン　は？
天内　応募で当たったたんでしょ！　完璧に妄想の世界に浸ってますね。
リィ　天内！
天内　リィ・シンセイともあろうものが情けないな！
リィ　スペンサーの子分が何を言ってる。
天内　もう吹っ切った！
スペンサー　ブライアント社を敵に回すんだ？
天内　俺は、俺の生きたいように生きる！
スペンサー　誰かさんもそんな事を言ってたけど、まさかこんな面倒な事に首を突っ込んでくるとはね。
神堂　俺とレイファンちゃんの仲を裂こうとするやつは誰であろうが許さん!!
スペンサー　ふふふふ……
神堂　おい、ウォン。そのプレートをよこせ！
ウォン　ヒーロー気取りでいきがるな。人質が見えないのか？

神堂　見えん！
チェン　え？　嘘⁉
パク　あの人何を口走ってるの？
ウォン　なら、殺してあげる。
ロン　最悪だ……

鰐塚とランディがパク・チェン・ロンを助ける。

鰐塚　残念だったな。
ランディ　拙者達を甘く見ないことだ。

スペンサーとウォンの部下達が神堂達に襲い掛かる。

リィ　おまえらは早くここから逃げろ！
三人　僕らも戦います！
リィ　逃げろと言ってるんだ‼　足手纏いだとまだ気付かないのか！

三人は返す言葉がない。

リィ　行け。

パク・チェン・ロンは逃げて行く。

天内 おい、リィ！

青竜刀を渡す天内。

ウォン スペンサー、早速の出番だ。きっちり働いてもらうよ。

スペンサー もちろんさ！

対峙する両陣営。

天内 暴れるぜぇ！

リィ 借りはきっちり返す。

激しい戦いが繰り広げられる。

スペンサー 君と戦うってのも楽しいね。

神堂 まったくうざってえやつだ！

それぞれが戦いながら散って行く。

ウォン　ふふふふ……

扉を見つめるウォン。

ウォン　待っていろ。今、そこから出してやる。

【シーン　9】

ランディと鰐塚がウォンの部下と戦っている。

ランディ　拙者は忍者革命を起こす男でござるよ。貴様ら雑魚では相手にならん。

鰐塚　スーパーワイルド野郎鰐塚様をなめるな！

ウォンの部下を倒すランディと鰐塚。
さらにリィが続く。

リィ　さっきはよくもやってくれたな。その礼だ！

リィもウォンの部下を倒す。

鰐塚　こんなやつらじゃ全然楽しめないぜ！

ランディ　おぬし、結構ギリギリだったぞ……

鰐塚　ふざけんな！　あのスペンサーってのと勝負してえ。

ランディ　おぬしなど瞬殺でござるよ。で、そのスペンサーは？
リィ　あの銃使いが相手をしている。
ランディ　何⁉　ガラパがスペンサーと！　助けに行かねば‼
鰐塚　あんな弱っちい奴じゃもうやられてる。冥福を祈ろう……
リィ　そう簡単にやられる奴ではない。それに天内も一緒のようだしな。
ランディ　とにかく行くでござる！

走り出そうとしたランディがふらつく。

鰐塚　どうした？
ランディ　いや、ちょっと立ち眩みでござる。拙者、頑張り過ぎてるからな。
リィ　違う。
鰐塚　え？
リィ　ここは霊的な力が強く強烈な瘴気《しょうき》が渦巻いている。それが俺たち生者を圧迫し始めているんだ。
鰐塚　確かに。空気がねっとりしてるもんな。
リィ　長時間ここに留まっていると精神に異常をきたすぞ。
鰐塚　一旦ここを出たほうがいいんじゃないか？　なんだか俺も気分が悪くなってきたぜ。
リィ　そうだな。おまえ達は先に行っててくれ。俺はウォンを連れ戻す。
ランディ　あんなのほっとけ。それより早くここを出るでござる。

リィ　あいつは一時的にプレートの魔力に操られているだけだ。見捨てるわけにはいかない。
鰐塚　なら一緒に行こうぜ。俺たちは腐れ縁で結ばれてるんだからよ。
リィ　……
ウォン　私ならここにいるよ。

ウォンが現れる。

リィ　ウォン……
ウォン　君の血がどうしても必要なんだ。
鰐塚　おお向こうから来てくれたぞ。ラッキーだな。

ウォンがプレートを翳すと部下達が立ち上がる。

鰐塚　何だ⁉
リィ　どうやら瘴気を操っているようだ。
鰐塚　マジかよ⁉　俺、結構そういうの苦手なんだよなぁ……
ウォン　さあ、いけ！

再び襲い掛かるウォンの部下達。

リィ　手強くなっている。
鰐塚　ダメージがねえ。半分ゾンビみてえなもんだな。
リィ　ここは場が悪すぎる。
鰐塚　やっぱ一度外に出ようぜ。ウォンがリィを追っているなら付いて来るはずだ。
リィ　そうだな。
鰐塚　ということだ。わかったなアホ忍者……って、かなり具合悪そうだな。
ランディ　拙者、意外と霊感が強いようでござる……
鰐塚　しっかりしろ！
ランディ　鰐塚の後ろに誰かいる。
鰐塚　イィィ～!!
ランディ　あ、リィか。
鰐塚　てめえ、紛らわしいんだよ。
リィ　そんな事やってる場合ではない！
鰐塚　こいつらの足止めは俺に任せろ！　アホ忍者つれて先に行け!!
リィ　ああ。

逃げて行くリィとランディ。

鰐塚　さあ来い!!

戦いながらハケて行く鰐塚。

ウォン　逃げ切れはしないよ。あれは私の手に入る運命なのさ。

その場を後にするウォン。

【シーン　10】

走って来た神堂が物陰に隠れる。

神堂　やっべえ、ピンチじゃねーかよ……

天内が逃げて来る。

天内　ちょっと、神堂さん逃げてばっかじゃないですか⁉　俺死んじゃいますよ！

神堂　知った事か。

優雅に歌いながらやって来るスペンサー。

スペンサー　おかしいな。いつの間に君たちを追い越しちゃったんだろ？　びっくり！

神堂　調子に乗るなっての！

銃弾を撃ち込む神堂。

スペンサー　だから、そんなの通用しないって言ってるでしょ！

スペンサーと戦う神堂と天内。
が、二人掛かりでもスペンサーには敵わない。

天内　ちょっと！　スペンサーより神堂さんのが強いんじゃないんですか？
神堂　のはずなんだが、おかしいな……
スペンサー　最後のチャンス！　僕と組む？

神堂の銃弾がアクティブアーマーにめり込む。

スペンサー　まったく君って奴は……

とどめを刺そうとするスペンサー。

スペンサー　ん？　アクティブアーマーが弾丸を弾かずに、めり込んでる。
天内　おお！　一箇所だけを狙ってたんだ。すげえ！
スペンサー　さすが僕が見込んだ男だ。君と戦うってワクワクドキドキで楽しいね。
神堂　これで終わりだけどな！

が、弾が切れている。

神堂　あ、弾切れだ……
天内　ノー!!
スペンサー　おしかったねぇ。でも、運も実力のうちだよ。

スペンサーがとどめを刺そうとする。

神堂　さよならレイファンちゃん。僕の愛しき人よ～!!

その瞬間、スペンサーに銃弾が打ち込まれる。

スペンサー　何っ⁉
リョウ　おまえ、どんだけレイファン命なんだよっ!!　アホか！
神堂　あれ、日本に帰ったんじゃねーの？
リョウ　俺がいなきゃ誰がおまえにツッコムんだよ。現に今、俺がいなかったら、おまえ軽い萌えな人として死んで行くとこだったぞ。
神堂　やっぱ俺たちはこうでなくっちゃな！
リョウ　よく言うぜ。

スペンサー　そんな弱っちいのが来てどうすんの？

神堂　こいつはただのリローダーじゃない。俺に、魂と言う弾丸を装填してくれる最高のリローダーなんだっ!!

戦う神堂とリョウ。
そのコンビネーションは抜群である。

天内　すっげえ！　この二人って、こういう風に戦うんだ。半端ねぇ！

スペンサーを倒す、神堂とリョウ。

天内　やりましたね。すごいっすよ！

リョウ　さあ、長居は無用だ。ここを出よう！

三人は走って行く。

【シーン 11】

鰐塚が出て来る。

鰐塚 まったくアホ忍者、肝心な時に役に立ちやがらねえ！ まあ、足止めもすんだことだし、俺も行くとするか！ で、出口はどっちだ？ くそ、迷っちまった。

匂いを嗅ぎ始める鰐塚。

鰐塚 あっちだ！

去って行く鰐塚。
入れ替わるように出て来るリィとランディ。

リィ しっかりしろ！ もう少しで出口だ。
ランディ うぅ、気持ち悪い……… あれ、鰐塚は？
リィ 足止めをしてくれている。

ランディ　あいつ、いい奴でござる……

倒れ込むランディ。

リィ　おい、大丈夫かランディ？

ランディが突然リィに襲い掛かる。

リィ　瘴気に当てられたか。出口まであと一歩というところで……

戦うリィとランディ。
苦戦を強いられるリィ。
そこへやってくるパク・ロン・チェン。

三人　先生！
リィ　逃げろと言っただろ！
ロン　嫌です！　迷惑だろうと僕たちは先生と戦いたい！
チェン　僕たちは先生の弟子なんですから!!

必死にランディに向かっていくパク・ロン・チェン。

割って入るリィ。

リィ　逃げろ！　おまえ達の敵う相手じゃない！

しかし、三人はランディに向かって行く。
それが赤影・青影・黄影に重なるランディ。

ランディ　赤・青・黄……　お、おめえたちぃ……

ランディの動きが止まる。

パク　どうしたんだ？
リィ　どうやら自分の部下達の事を思い出してるようだ。
チェン　自分の部下？
リィ　おまえらは良く似ている。健気なところもな。
三人　？
ランディ　ううう……
リィ　ランディしっかりしろ。おまえは日本のサムライだろう!!
ランディ　サムライではない……　拙者は……　忍者だ!!

意識を取り戻すランディ。

リィ　今回はおまえらに救われたようだ。
ロン　いえ、そんな……
チェン　僕らは先生に迷惑ばっかりかけて……
リィ　礼を言う。

パク・ロン・チェンは感動で立ち竦む。

ランディ　すまん。拙者としたことが。
リィ　気にするな。
ランディ　リィ!!

リィの背後に立っているウォン。

ウォン　逃がさないよ。

ウォンの青竜刀がリィを斬り裂き、血に染まる。
崩れ落ちるリィ。

三人　先生っ!!
ウォン　徐福の血、これで足りるかな？
ランディ　ウォン殿!!　って、力が出ない……
パク　よくも先生を！
チェン　許さない!!
ロン　許さないぞ!!

そこへやって来る鰐塚。

鰐塚　てめえ、俺が道に迷ってたのをいいことに！　ぶっ飛ばしてやる!!
ウォン　あなた達に用はない。この血が乾かぬうちに戻らないと。失礼。
リィ　ウォン！

ウォンは去って行く。
リィに駆け寄る一同。

リィ　こんなのはかすり傷だ。
鰐塚　どこがかすり傷なんだよ！　無理しやがって。
リィ　ウォンを追わなくては……
鰐塚　今は無理だ。こんな状態じゃウォンを止めることなんて出来るわけがねえ。

リィ　しかし……
リョウ　その通り！　放っておいたって、あんなのは勝手に破滅してくれるって。

リョウと天内が現れる。

リョウ　とっとと こんな危険な所は出たほうがいい。一度引くのが最上の策だ。
鰐塚　おまえ、来ないいんじゃなかったのか？
リョウ　んなこと言っても、神堂は俺がいなきゃ何にも出来ないからな。そのおかげであのスペンサーも倒したんだぞ！
天内　すごかったぜ、神堂敦志は！　おまえらにも見せたかったよ。上には上がいるって思い知らされたもん。俺たちももっともっと頑張らねーと!!
リョウ　だから、俺がいてこそあいつは力を発揮出来るの！
天内　わかってますって。リョウさんもさすがでした！
鰐塚　で、その神堂は？
リョウ　神堂なら……　って、いねーよっ!!　あいつどこ行ったんだ？
天内　ウォンさんを止めに行ったんだ！
リョウ　違う！　あのアホ、まだあのペンダントを……
天内　神堂さん……

【シーン 12】

ウォンが扉の前にやって来る。

ウォン　ふふふ……　最後に笑うのはこの私だったな。さあ、扉を開けてくれ。

扉が開いていく。

ウォン　ついに始皇帝の究極の宝が……
神堂　そんなもんに手を出すなって！

神堂が現れる。

神堂　禁忌《きんき》を犯すような事したら天罰がくだるぞ。
ウォン　まったく……　君も変ってるね。
神堂　そう？
ウォン　もっとドライな男かと思っていたよ。

神堂　……

ウォン　いったい何が君を動かしているんだ？　何のために自分を危険に晒す？

神堂　宝を護るためさ。

ウォン　宝？　不老不死の仙薬か？

神堂　んなもんじゃねえ。俺が護ってるのは、俺の中にある絶対失ってはいけない大切な宝だ。

　　　だから、おまえを救う。

ウォン　よくわからない人だ。私を救いたいなら邪魔をしないでくれ。

神堂　そいつを手に入れたら、悪党に成り下がっちまうぜ。

ウォン　それでいいんだよ。私は悪魔に魂を売ったんだ。

神堂　違う！　あんたはプレートの魔力に魅入られてるだけだ。本当のあんたは人の痛みのわかる優しい人じゃないか。ホームレスの日本人にショウロンポウを分けてくれるなんて、そうそう出来ることじゃないぜ。

ウォン　？

神堂　俺が涙流してがっついてるうちにどっか行っちまうから、礼も言えずに終いじゃねーか。

ウォン　……君、あの時の！

神堂　あれ美味かったなぁ！　どこのショウロンポウなんだ？　日本に帰る時、お土産に買って帰りたい。

ウォン　……

神堂　プレートを捨てろ。

ウォン　私は……

プレートが唸りを上げる。

ウォン　必ず宝を手に入れる！

ウォンが神堂に斬り掛かる。
紙一重でかわし銃口をウォンに押し付ける神堂。
しかし引き金は引けない。
ウォンの蹴りを喰らう神堂。

ウォン　ほらね。良い人間がバカを見る。

立ち上がる神堂。

スペンサー　そして、悪い人間が得をする。

スペンサーとウォンに挟まれる神堂。

スペンサー　しつこいでしょぉ！　何回でも登場しちゃうよぉ、ルンルン。
神堂　不死身か、てめーは……

スペンサー　さあ、どうする？
神堂　どうするも何も、戦うしかねーだろ！

しかし、二人相手に追い詰められる神堂。

スペンサー　ついに僕が神堂に勝つ時が来ちゃったね。

スペンサーのとどめの一撃。
それを受け止める天内。

天内　間一髪セーフ!!　神堂さんってやる気あるのかないのかわからない人っすね。
リョウ　やっぱり、神堂には俺がいなきゃダメだな。
ランディ　拙者の部下のくせに無理をするな！　あ、立ち眩み……
鰐塚　無理をしてるのはおまえだろ！　帰れ、アホ忍者!!
リィ　目を覚ませ、ウォン！
ウォン　……

一同に囲まれるウォンとスペンサー。

スペンサー　これって典型的な負けパターン……　でも、それをひっくり返すのが僕のすごさ！

二人対全員の壮絶な戦いが始まる。

リョウ 大丈夫か、神堂？
神堂 全然大丈夫じゃねーよ。
リョウ 柄にもなく無理するからだ。
神堂 リロード頼む。
リョウ オーケー!!

傷が痛み、思うように戦えないリィ。

ウォン 頑張り過ぎると死んじゃうよ。
リィ おまえを元に戻す前に死ぬわけにはいかない！
ランディ や〜!!

ランディがウォンに飛び掛かろうとする。

神堂 待て！　ウォンには手を出すな!!　奴を傷付けることなくプレートだけを奪うんだ！
ランディ そんな！　無茶苦茶でござる！
鰐塚 おまえ何言ってんだ？　あいつが元凶なんだぞ！

神堂　うるせえ！　リーダーの言うことは聞け!!

鰐塚　いつからおまえがリーダーになったんだよ!!　だいたい、あんな腐った野郎は叩き潰さないと！

神堂　やつの心はまだ腐っちゃいない！

リィ　俺もそう信じたい。俺からも頼む。

ランディ　むむむ……　なんだか男の義理と人情と友情が滲み出ているでござるよ！　おぬしらの心意気、拙者あいつかまつった!!

鰐塚　どうなってんだいったい？

天内　なあ、ここは神堂さんの言う事を信じてみようぜ！

鰐塚　しょうがねーな！

戦う一同。

瘴気に酔ったランディの戦い方が酔拳のようになっている。

リョウ　酔拳？

鰐塚　こいつ、この方が強いんじゃねーか？

スペンサー　アクティブアーマーフルパワーだ！

天内　なら、こっちもフルパワーだ!!

激しい戦いが繰り広げられる。

鰐塚　よし、俺に任せろ!!

両手を天に翳す鰐塚。

鰐塚　喰らえ！　ワイルドボー……

スペンサーにあっさり倒される鰐塚。
拮抗《きっこう》していた戦いもウォン達が優勢になっていく。

天内　くそ。ウォンさんには手加減しなきゃいけないし、スペンサーは化物じみた強さだし、これじゃみんなやられちまう……

さらにプレートの力が増していく。

リィ　まずい……　瘴気がどんどん強まっていく。
鰐塚　このままじゃ、さすがの俺も参っちまうぜ。
天内　俺もだ……

諦めムードが漂う。

神堂　何を弱気な事を言ってんだ！　こっちには史上最強のトレジャーガード、神堂様がいるだろがっ‼

ランディ　あやつ、何であんなに元気なんでござるか？

鰐塚　わけがわからねえ。

神堂　さあ、一気に戦況をひっくり返すぞ！

リョウ　無茶言うな。どう考えても絶望的だろ。

神堂　弱気になるな！　それこそ相手の思う壺だ！

スペンサー　そういうところは僕らのリーダーだった頃と変らないね。でも、もう終わりだよ！

スペンサーの攻撃が神堂を捉える。

堪える神堂。

神堂　負けるかぁ！

スペンサー　君も僕に劣らずしつこいねぇ。

さらにスペンサーの攻撃。

神堂　ぜってーに負けねえっ‼

スペンサー　でも、もう死にそうじゃない。ククク……

そこへレイファンの『負けないで』が流れてくる。

神堂　ああ、俺は負けないよ、レイファンちゃん！　……ん？
スペンサー　なんだ、この下手で気持ち悪い歌は!!
リョウ　あのペンダントから流れてるんだ！
神堂　え？
リョウ　ウォンの手で温められたんだよ！
ウォン　何!?
スペンサー　ウォン！　その歌を止めろ!!　私の絶対音感がおかしくなるぅ！

苦しむスペンサー。

天内　神堂さん、スペンサーの様子がおかしいっすよ。
神堂　そうか。スペンサーは下手な歌を聞かせられるのが苦手なんだ！
天内　不死身のスペンサーにそんな弱点がっ!?
スペンサー　ウォン!!　歌を止めろと言ってるのが聞こえないのか!?
ウォン　どうやったら止まるんだ？
リョウ　残念だが、ワンコーラス終わるまで止まらね～んだな、これが。
スペンサー　止めろと言っている!!

スペンサーがウォンに襲い掛かる。
間一髪、助けに入る神堂。

神堂　大丈夫か？
ウォン　なぜ⁉

スペンサーが隙をついてプレートをウォンから奪う。

スペンサー　こいつか。こいつからこの最低な歌が……
神堂　あ！　てめえ、レイファンちゃんのペンダントを壊したらぶっ殺すぞ‼
天内　俺に任せてください‼
神堂　は？
天内　天内凛、歌わせていただきます！

天内は『負けないで』を凄まじい音痴で歌い始める。

♪傷つけば傷つくほど
やさしくなれるって本当ね
でも　でも　そんなのって

切ないじゃない

神堂　おお！　半端ねぇ音痴だ！

スペンサー　ウギギギィ……　頭がおかしくなりそうだ。

ランディ　天内の音痴がこんなところで役に立つとは……

神堂　いいぞ天内！　おまえの歌はジャイアン以上の破壊力だぜ。

♪だから笑顔で
ほら　手を伸ばして

満面の笑みで歌う天内。

神堂　よぉ〜し、俺も歌うぞ！

♪あなたの右手　私の左手
そこからはじまる
ワンダーランド

神堂もド下手な歌を歌い始める。

リョウ　音痴な奴は歌うんだ！

パク　僕たちもいます！

ロン　います！

チェン　います！

♪あなたの涙は見たくないから
星空の下で祈るわ
今私にできること
そうひとりじゃないよ
負けないで

みんな歌いだす。

スペンサー　なんだ！　この音痴な集団は⁉　信じられないっ‼

♪勇気を出せないときは
思い出してほしいの
今あなたにできること
そうひとりじゃないよ
負けないで

スペンサーを取り囲み大合唱の一同。
倒れる寸前まで追い詰められるスペンサー。

神堂　やっぱ、おまえは俺には勝てないんだよ！

神堂の一撃がスペンサーに決まる。
崩れ落ちるスペンサーからプレートを奪う神堂。
一同に歓喜の声が上がる。

神堂　ウォン。おまえを呪いから開放してやるぜ。

ウォン　……

プレートを破壊しようとすると、プレートが唸りを上げる。

神堂　う……
リョウ　おい、神堂！
リィ　まずい！　プレートの思念が今度は神堂を取り込もうとしている。
天内　マジかよ！　神堂さんが敵に回ったら今度こそ全滅だぞ！
リョウ　神堂っ!!

神堂　心配すんなって。俺はトレジャーガードだ。自分の心くらい護ってみせる!!

プレートを真っ二つにする神堂。
それと同時に瘴気が収まっていく。

神堂　任務完了だ。
リョウ　やったな神堂！

ウォンから邪気が抜けていく。

神堂　どうやら、自分を取り戻したようだな。
ウォン　神堂……　どうして？　なんでそこまで？
神堂　俺はおまえに恩を受けた。だから俺もおまえに恩を返す。それだけの事だ。俺は当たり前の事が当たり前に出来ない人間になりたくないいんでね。
ウォン　たかがショウロンポウひとつだぞ？
神堂　たかがとかそういう問題じゃねーんだよ！　人を思いやる心こそが、俺が信じる一番大切な宝なんだ。だから俺はトレジャーガードとして、死んでもそいつは護る!!
ウォン　……

リィがウォンに近づく。

リィ　大丈夫か？
ウォン　……リィ君……
神堂　さあ、俺のカッコ良いところも見せられたし、戻るとするか。

動けないウォン。

ウォン　私には戻るところなどない。
神堂　え？
ウォン　もう終わりだ。取り返しのつかない事をしてしまった……
神堂　おまえのせいじゃない。プレートの魔力に操られただけだ。
ウォン　いや、会社の体制に苛立ちを感じていたのは事実なんだ。そこに付け込まれたとはいえ、一度は会社を裏切ろうとしてしまった。これは私の責任だよ……
リィ　ウォン……
ウォン　……私には、もう、何も無い……

言葉を無くす一同。

鰐塚　何を言ってやがる！　おまえにはW・A・N・Iがあるだろ。
ウォン　W・A・N・Iは私など必要としていない！

鰐塚　バカ言うなっ‼　おまえのような直向で一生懸命な人間こそ今のW・A・N・Iには必要なんだよ。
天内　良いこと言うじゃねーか、鰐塚。
神堂　まったくだ。そいつの言う通りだぜ、ウォン！
ウォン　鰐塚……　鰐塚っ⁉
リィ　どうした？
ウォン　もしかして……　鰐塚鷹虎様？
鰐塚　そうだよ。
ウォン　あなたが⁉

驚愕するウォン。

天内　こいつがどうしたの？

携帯で話し出す鰐塚。

鰐塚　あ、もしもしパパ！　ああ、わかってるって！　俺考えたんだけど、やっぱ今回の話はなかった事にして。そのかわり、ウォンって人を副社長にしてよ。じゃないと俺、二度とパパと会わないから。

唖然としている一同。

鰐塚　ああ、俺はもう少し冒険をする。それまではウォンが頑張ってくれるさ。うん、うん、わかってるって……

ランディ　あ！　拙者、凄い事に気が付いた。

天内　どうした？

ランディ　W・A・N・Iって、そのまま読むと……

一同　……ワニだっ!!

ウォン　そうです。鰐塚社長が洒落を込めて付けた名前です。

鰐塚　……後で顔出すから。じゃあね！

電話を切った鰐塚に、一同の視線が集まる。

鰐塚　な、なんだよ……

天内　おまえ、野暮用って……

鰐塚　親父がW・A・N・Iを継げ継げってうるせーから、一回ちゃんと話をしなきゃと思ってな。

茫然とする一同。

天内　おまえ、金持ちのボンボンだったの？

鰐塚　しかたねーだろ！　俺が決めたわけじゃねえんだから。この事は誰にも言うなよ。ワイルドに傷が付く。
天内　信じられねえ……
鰐塚　というわけだウォン。親父の会社、きっちり立て直してくれよ！
ウォン　……
神堂　な！　良い事をすると、良い事が返ってくるだろ。
ウォン　ありがとうございます。
リィ　俺からもみんなに礼を言わせてくれ。
天内　なんだよ急に？
リィ　禁断の秘宝の最後の封印を護ってくれた事、心から感謝する。
天内　やめろって！　おまえに礼なんか言われると気持ち悪いよ。
リィ　あの秘宝は、これからも外に出ないよう我が徐福一族が護って行く。最後の扉は決して開かれることはないだろう。だから……
天内　わかってるって！　他言無用だろ！
リィ　ああ。
ウォン　リィ君、すまなかった！
リィ　気にするな。
鰐塚　けど、不老不死の仙薬なんて、めっちゃデンジャラスで惜しい気がするけどなぁ。

鰐塚に突き付けられるリィの青竜刀。

リィ　今ここでデンジャラスな目に遭うか？
鰐塚　すいません……
リョウ　なんか一件落着って感じだね。良かった良かった！

するを地面が揺れ始める。

リィ　こ、これは！
鰐塚　どうやらここは崩壊するみてーだな。
天内　やっぱり今回もこうなるんだ。
ランディ　仕方あるまい、宝探しのお決まりでござる。
リョウ　なに落ち着いてるんだよ！　早く逃げないとっ!!
天内　もう慣れっこになっちゃって……
リョウ　なんだそりゃ！　そんなことより、秘宝はどうすんだよ？
リィ　そのプレートと共に埋まってしまえば、誰もここに辿り着けまい。問題はない。
リョウ　そんなんでいいの？　だってここ一族の墓なんだろ？
神堂　形あるものいつかは崩れる。大切なのは形のないものだって言ったろ！
リョウ　おまえ何綺麗にまとめてんだよ！
リィ　いいこと言うな。
リョウ　納得かよ！

揺れが大きくなってくる。

ランディ さあ早く拙者に新鮮な空気を!! ああ、立ち眩み……
鰐塚 世話のかかる野郎だ。

ランディに肩を貸す天内と鰐塚。

天内 よし、んじゃいくぞ〜!!

足が覚束無い《おぼつかな》リィを支えるウォン。

ウォン 私につかまってください!
リィ ああ。

パク・チェン・ロンもリィを支える。

リョウ 俺たちも行くぜ。
神堂 ああ。(大声で) おい、おまえもとっとと逃げろよ!
リョウ え?

神堂　急げ！　急げ！

全員その場をあとにする。

【シーン 13】

天内とリィが歩いて来る。

天内 怪我はもう大丈夫なのか？

リィ ああ。

天内 リィにとっては踏んだり蹴ったりだったな。

リィ これも修行の内さ。

天内 そうか。

リィ 今回は神堂に助けられたな。

天内 なんか、いろいろ教えてもらった気がするな。

リィ いったいあいつは何者なんだ？

天内 元最強のトレジャーハンター。今は最強のトレジャーガード。

ランディ 何を言っておる。あやつは拙者の部下の金影でござるよ。

ランディが買い物袋を抱えてやって来る。

天内　ずいぶん評価してんじゃねーか。
ランディ　拙者には遠く及ばぬがな。
天内　というか、何だその荷物？
ランディ　日本に置いて来た部下達へのお土産でござる。
リィ　相変わらず部下想いなんだな。
ランディ　拙者は忍者界に革命を起こす男でござるよ。
天内　それ関係あるの？
ランディ　バカ者！

言い争う二人。
そこへやって来る鰐塚とウォン。

鰐塚　なに揉めてんだよ。
天内　おお鰐塚！　親父さんと話はついたのか？
鰐塚　俺には知らない場所や知らない事がまだまだいっぱいある。もっともっと冒険して、一人前になるまで待ってくれって言っておいた。
天内　そうか。
鰐塚　それに、俺がいなきゃ凛ちゃん寂しいだろ。
天内　うぜえ……
ウォン　あの、神堂さん達は？

天内　もう日本に戻ったんじゃない？
ウォン　そうですか。あれだけして頂いたのに、きちんとお礼が出来なかったので。
鰐塚　その内また会えるさ。表裏一対の職業なんだからよ。
ウォン　そうですね。お坊ちゃんもお体には充分お気を付けて下さい。
鰐塚　坊ちゃんって言うな！
ウォン　すいません、お坊ちゃん。

笑う一同。

天内　何か俺も良い事しないとな。ランディこれ貰うよ。
ランディ　あ、何をする！

天内がランディから奪った食べ物をホームレスに恵む。
ホームレスが顔を上げると、それは神堂とリョウである。

天内　あ！
二人　ゲッ‼
天内　何やってんすか⁉
神堂　いや、金を使い果たしちまってな……
天内　何に？

リョウ　このバカがレイファンのオリジナルペンダント第二弾を買っちまいやがった。
神堂　イエ～イ！

ペンダントを見せびらかす神堂。

ウォン　死ね！　このAボーイが!!
神堂　何言ってんだ。俺たちがこうやって生きてられるのもレイファンちゃんのおかげだろが！
しかも第一弾埋まっちゃったんだからな。

言い争う二人。

リョウ　わかりました。では、新しい依頼をお願いしましょう！
二人　やった～!!
天内　マジ！　じゃあ、俺、それ狙っちゃお！
リィ　確かに。こいつらとやり合うのは面白そうだ。
鰐塚　こらこら、だったら俺も混ぜろって！
ランディ　今度は拙者も奪う方に回ろっかな。
リョウ　ふざけるな！　嫌がらせか、この野郎!!
神堂　人気者は辛いね。
スペンサー　僕も参加希望！

スペンサーが現れる。
息を呑む一同。

スペンサー　だって神堂といると楽しいんだもん。

顔を見合す神堂とリョウ。

二人　あばよ～!!

――終

あとがき

『トレジャーボックス』は僕にとってめちゃくちゃ印象が強い舞台ですね。

宝探し、冒険、友情……男の子が一番燃えるキーワードがすべて組み込まれた作品だと思います。

一つの宝に、機械の力を扱う人間、中国武術の達人、クロコダイルダンディー、忍者がひしめき合い協力しあう。

天内凜というキャラクターにもかなり愛着があります、今まで演じた役の中でも一、二を争うんじゃないかな。

強がり、心の弱さ、ダメな所、運の無さ、お調子者、バカな所、そんなモノが全てあり、そしてそれがかっこよく見えます。

もちろん僕が演じた天内凜は、みなさんにそうみえたかはわかりませんが……。

いつか子供が出来たら凜と命名したいくらいですね。ちなみに初めの構想では鰐塚が主役だったんですよ。

結果的にストーリーを重視した結果、あの『トレジャーボックス』になった訳だけど、個人的には鰐塚が主役の『トレジャーボックス』を観てみたいですね。

『ワンダーボックス』は初の兄弟公演というのがこの作品の印象です。

いつか同じ舞台に立ちたいという一つの夢が叶った公演でした。*pnish*に出演のＯＫが出た時はホントにびっくりしたし嬉しかった。

しかし稽古場ではなかなかの違和感を感じましたね。

一緒に稽古してるんだもんね。それに兄弟と役者の先輩という線引きをどこでつけたら……。なんて事を考えてたりしてましたね。

まぁ今となっては同じ舞台に立っても役者仲間って感じですが。

本編ではやはり湯澤さんが演じたスペンサーというキャラクターが強烈でしたね。歌いながら戦うって、本当に漫画の世界ですよ。

しかも最後は音痴の歌にやられる。バカバカしくて最高じゃないですか。

そんな、はちゃめちゃでいてめちゃくちゃ明るく前向きな作品になったんじゃないかな。

佐野大樹

演出にきだつよしさんを迎えた、『トレジャーボックス』。

リィ・シンセイという愛されキャラが誕生した作品です。

というか、この作品は鰐塚を筆頭に天内やランディ等、愛されキャラが沢山生まれた作品でもあります。

鰐塚は以前から登場していましたが、それを上回る程の個性的なキャラクター達が沢山誕生しました。

リィもその一人なんですが、リィを演じる上で戸惑う事があまりなかったので、実は一番僕の素に近いのもリィのような気がします。

『ワンダーボックス』は『トレジャーボックス』からのシリーズ物で、*pnish*でも初の試みでした。役作りをする必要もないしテーマも似てる。

楽な部分もありますが、『トレジャーボックス』を超えないといけない！　というハードル！

これは大きな壁でしたね。演出の井関佳子さんとの出会いも大きな事です。

井関さんのお陰で、『トレジャーボックス』を超える作品が出来たと言ってもいいでしょう。

盆が逆回転して舞台上でテンパるという面白い思い出もありました。

森山栄治

『トレジャーボックス』は、*pnish*初のシリーズもの。しかも一年の内に続けて公演した作品です。インディージョーンズにも似た宝探しのストーリーに個性的豊かなキャラクター！　本当に*pnish*らしい作品です。

僕はこの作品で鰐塚という後々語り継がれる（笑）役と出会いました。

ウエスタンハットに、素肌にベスト!!　食物はポケットに直で入れてるし、とにかくワイルド。

いやー最初は戸惑いました。

でもこの役を何とか自分のものにしたくて、悩んで闘って作ったのを思い出します。

この作品からどんな役でも、どんなぶっ飛んだキャラクターでも見てくれる人に、こんな人もいるかもなーって少しでも親近感がわくような、舞台上で生きているように見える役作りをしたいって、考えるようになった舞台です。

またこういう冒険ものっていうのも、いつかやってみたいですね。

『ワンダーボックス』は最強最高のメンバー！　と僕は今も思ってる作品です！

佐野瑞樹さん、川本成さん、湯澤幸一郎さん、北村栄基くんなど、本当に個性的で、力のある役者さんが揃い、バランスも最高だったと僕は思っています。

成さんのツッコミ、湯澤さんの歌、栄基くんの力のある芝居、そして、佐野瑞樹!!

瑞樹さんと同じ舞台にあがる事は、僕の一つの夢であり、目標でした。

だからこの瞬間を、サンシャイン劇場という場所で迎えられた事が最高に幸せでした！

一つ一つの積み重ね、夢を追う気持ちが、また一つ夢を叶えてくれた作品です。

この作品は、本当に自由で各キャラクターが本当に生きているかのような、冒険というストーリーならではの面白さが溢れている作品。

個性溢れるキャラクター達を色んな読み方で楽しんでもらいたいです。

鷲尾　昇

『トレジャーボックス』の稽古は蒸し暑い六月。

クーラーの効きが悪い墨田区にある某倉庫スタジオの稽古場には、いつも同様むさ苦しい男のみ。

稽古途中、＊pnish＊結成記念イベントを挟んだため時間的にも体力的にもずいぶん大変なことになった。

この公演から殺陣師・清水氏が参加。現在も＊pnish＊公演のお供的にアクションシーンをつくる上で欠かせない存在になっている。

自分が演じたランディという役をつくるまでには、とにかく瞬発力と集中力をたくさん使った。

今公演は、＊pnish＊初顔合わせのきだつよし氏。

成立させにくそうにシーンをつくっているとみるや、台詞や動きを瞬時に変更していく演出家である。

そのため、立ち稽古初日までにランディの心持ちや挙動のクセなどの大半を持ち込んだ。立ち稽古初日までに役づくりすることに躍起になった。

「忍者だ」後のキラ～んというSEの発注や刀は持たずにいこうとか。

それはもうなんか嫌な感じにピリピリしながらだったと思う。

だから特に、経験した＊pnish＊キャラクターの中でも思い入れの強い役である。

余談だが、劇中出てくる時の首相・小泉純一郎氏のモノマネ。その当時は『感動した！』ではなく大半のステージで『サンキューフォーアメリカンピーポーラブミーテンダー』だった。

『トレジャーボックス』からほどなく、＊pnish＊メンバーの役柄据え置き公演『ワンダーボックス』。

今公演にて、リーダーの実の兄貴であり＊pnish＊の兄貴的存在の佐野瑞樹氏初参加。個人的には、その後の『サムライモード』においても何かと絡みの多いポジションであった。

不細工ノリつっこみ。これは紛れもなく、彼との素のやり取りから生まれたモノである。どこでやってもウケたから舞台でやったら客席にもウケるだろうという安直な発想から。だがさすがに今公演中の呑み屋では、仲間たちはウンザリしていた。
作品的には、ラスボスの倒し方があまりに雑なために逆に少し大人っぽい作品になった気がしていて。ボックスシリーズでは一番好み。

土屋裕一

二〇一一年五月

上演記録

pnish vol.7『トレジャーボックス』

上演期間　2006年7月13日(木)～23日(日)
上演場所　全労済ホール／スペース・ゼロ

CAST
天内凛　佐野大樹
リィ・シンセイ　森山栄治
鰐塚鷹虎　鷲尾 昇
ランディ　土屋裕一

白石十朗　平野勲人
謎の男　大橋夢能
日比野修一　鯨井康介

黄影　古賀敦士
青影　仁田宏和
赤影　別紙慶一

アンサンブル　森田 龍
アンサンブル　宮林大輔
アンサンブル　中川浩行
アンサンブル　前堂友昭

バナザット　きだつよし

STAGE STAFF
作　*pnish*
脚色・演出　きだつよし
音楽　竹下 亮（OFFICE my on）
殺陣　清水大輔（和太刀）
振付　TETSUHARU
美術　大津英輔
舞台監督　寅川英司＋突貫屋
照明　紀 大輔（PAC）
音響プランナー　小笠原康雅（OFFICE my on）
音響　山下菜美子（OFFICE my on）
音響効果　中田摩利子（OFFICE my on）
衣裳　木村猛志（衣匠也）
ヘアメイク　茂木美緒
小道具　桜井 徹
演出部　鈴木康郎／栗山佳代子
照明操作　瀬合千春
衣装製作　名村多美子／衣匠也
衣装進行　伊藤梨絵（衣匠也）
振付助手　磯田亜有美
映像　松永 誉(ビジュアルアンドエコー・ジャパン)／五十嵐大輔(ビジュアルアンドエコー・ジャパン)
宣伝美術　玉川朝英（アーマットデザイン）
宣伝写真　宮坂浩見
宣伝ヘアメイク　目崎陽子(SUGAR)／山崎初生(SUGAR)／前田亜那(SUGAR)

PRODUCE STAFF
制作　ネルケプランニング
制作協力　オデッセー
企画・製作　*pnish*

上記データは公演当時の情報を掲載したものです。

pnish vol.8『ワンダーボックス』

上演期間　2006年9月21日（木）～26日（火）
上演場所　サンシャイン劇場

CAST

神堂敦志　佐野瑞樹

ランディ　土屋裕一
鰐塚鷹虎　鷲尾 昇
リィ・シンセイ　森山栄治
天内凛　佐野大樹

スペンサー　湯澤幸一郎
ウォン・ウィリアム・チャンリエ　北村栄基

チェン　古賀敦士
ロン　仁田宏和
パク　別紙慶一
アンサンブル　松村洋平
アンサンブル　小川眞樹
アンサンブル　添田翔太

リョウ　川本 成

STAGE STAFF

作　*pnish*
演出　井関佳子
美術　大津英輔＋鴉屋
舞台監督　寅川英司＋鴉屋／鈴木康郎＋鴉屋
音楽　大石憲一郎
殺陣　清水大輔（和太刀）
振付　SATOMI THOMA
照明　紀 大輔（PAC）
音響　山下菜美子（OFFICE my on）
音響効果　中田摩利子（OFFICE my on）
衣裳　木村猛志（衣匠也）
ヘアメイク　井村祥子（アトリエレオパード）／松下よし子（アトリエレオパード）
小道具　桜井 徹
映像　松永 誉(ビジュアルアンドエコー・ジャパン)／五十嵐大輔(ビジュアルアンドエコー・ジャパン)
演出助手　相原美奈子
演出部　桜井秀峰／シロサキユウジ／中西隆雄
照明オペレーター　千原悦子／植松 舞
音響操作　天野高志（OFFICE my on）
音響助手　山本育子
衣装製作　木村春子（衣匠也）／伊藤梨絵（衣匠也）／森 洋美／西原宣子／渡邊亜紀／江頭幸絵／風見縫製
ウィッグ　アトリエレオパード
宣伝美術　玉川朝英（アーマットデザイン）
宣伝写真　宮坂浩見／望月豪太
宣伝ヘアメイク　目崎陽子（SUGAR）／山崎初生（SUGAR）／前田亜那（SUGAR）／佐々木ミホ

PRODUCE STAFF

制作　TWIN-BEAT
制作協力　オデッセー
提携　サンシャイン劇場
企画・製作　*pnish*

上記データは公演当時の情報を掲載したものです。

pnish（パニッシュ）

2001年7月1日、*pnish*を結成。

メンバーは佐野大樹、森山栄治、鷲尾 昇、土屋裕一の4名。

友人や家族と一緒に楽しめる“気軽に観る事ができて、楽しい舞台”を信念に公演を重ねる。

芝居だけではなく、ダンスやアクションなど様々な要素を採り入れ、エンターテイメント性の高い公演を上演。

結成以来、全作品をメンバー同士で話し合いながら脚本を手がけており、
主な上演作品は『パニックカフェ』『トレジャーボックス』『ウエスタンモード』など。

*pnish*公式サイト：http://www.pnish.jp/

上演に関するお問い合わせ先
〒153-0043
東京都目黒区東山1-2-2　目黒東山スクエアビル
㈱ネルケプランニング内 *pnish*
TEL:03-3715-5624（平日 11:00 〜 18:00）

トレジャーボックス／ワンダーボックス

2011年6月30日　初版第1刷印刷
2011年7月10日　初版第1刷発行

著　者　*pnish*（パニッシュ）
発行者　森下紀夫
発行所　論 創 社
東京都千代田区神田神保町 2-23　北井ビル
tel. 03（3264）5254　fax. 03（3264）5232
振替口座 00160-1-155266
印刷・製本　中央精版印刷

ISBN 978-4-8460-0971-7　